AtV

Erwin Strittmatter wurde 1912 in Spremberg als Sohn eines Bäckers und Kleinbauern geboren. Bis zum 17. Lebensjahr Realgymnasium, danach Bäckerlehre. Arbeitete als Bäckergeselle, Kellner, Chauffeur, Tierwärter und Hilfsarbeiter. Im Zweiten Weltkrieg Soldat, desertierte er gegen Ende des Krieges. Ab 1945 arbeitete er erneut als Bäcker, war daneben Volkskorrespondent einer Zeitung und seit 1947 Amtsvorsteher in sieben Gemeinden, später Zeitungsredakteur in Senftenberg. Lebte seit 1954 als freier Schriftsteller in Dollgow/Gransee. Er starb am 31. Januar 1994.

Romane: Ochsenkutscher (1951), Tinko (1955), Der Wundertäter I–III (1957/1973/1980), Ole Bienkopp (1963), Der Laden I–III (1983/1987/1992).

Erzählungen und Kurzprosa: Pony Pedro (1959), Schulzenhofer Kramkalender (1966), Ein Dienstag im September (1969), 3/4hundert Kleingeschichten (1971), Die Nachtigall-Geschichten (1972/1977/1985), Selbstermunterungen (1981), Lebenszeit (1987), Vor der Verwandlung. Aufzeichnungen (hg. von Eva Strittmatter, 1995), Geschichten ohne Heimat (hg. von Eva Strittmatter, 2002).

Aus Tagebüchern: Wahre Geschichten aller Ard(t) (1982), Die Lage in den Lüften (1990).

Dramen: Katzgraben (1953), Die Holländerbraut (1959).

»Für ›Jugenderinnerungen eines alten Mannes‹ oder Memoiren halte ich mich noch zu jung, aber ich versuche seit Jahren einer Sache nachzuspüren, und die Sache ist: Woher kam jener Zustand von Poesie und Schwerelosigkeit in der Kindheit und in der Jugend, der uns so unwiederbringlich erscheint? Ist er nicht zurückholbar? Soll man ihn als endgültig verloren gelten lassen? Kann man ihn wieder herbeilisten, herbeitrotzen?«

*Erwin Strittmatter 1974 zu diesem Buch*

Erwin Strittmatter

# Die blaue Nachtigall
# oder
# Der Anfang von etwas

Aufbau Taschenbuch Verlag

ISBN 3-7466-5401-7

4. Auflage 2003
Aufbau Taschenbuch Verlag GmbH, Berlin

Umschlaggestaltung Preuße & Hülpüsch Grafik Design
unter Verwendung eines Fotos von Bert Hülpüsch
Druck Elsnerdruck GmbH, Berlin
Printed in Germany

www.aufbau-taschenbuch.de

# Wie ich meinen Großvater kennenlernte

Ich wurde an einem Mittwoch geboren, an einem Mittwochvormittag um zehn Uhr, falls jemand die Zeit vergleichen möchte. Obwohl der Monat August gewitterfreundlich ist, donnerte es nicht, und die Sonne stand nicht im Zeichen der Jungfrau, und es ging keinesfalls goethisch bei meiner Geburt zu.

Aber ich soll mich sofort so umgesehen haben, als ob ich die Welt schon kennte, behauptete meine Mutter, doch sie verriet es erst, nachdem mein erstes Buch gedruckt war. Und daß ich mich so kenntnisreich umblickte, gleich nachdem ich in die Welt gefahren war, das war nur ein Trick von mir, und ich habe diesen Trick im Leben noch oft benutzen müssen, denn wundern darf man sich nur unauffällig, wenn man nicht haben möchte, daß einen die Schlauberger unter den Zeitgenossen für einen Naiven halten und daß sie einen unter ihre Botmäßigkeit zwingen.

In bezug auf mein Dasein nahmen meine Mutter und ich übrigens verschiedene Standpunkte ein; denn als ich für die Mutter schon da war, wähnte ich mich noch im Niemandsland, und das bewies, daß ich kein Wunderkind war, denn nur Wunderkinder erinnern sich ihrer ersten Lebensminuten, und sie machen Aussagen über die Schürze ihrer Hebamme, und sie verkünden, diese Schürze wäre »weuß gewösen«, und alle Wunderkindgläubigen staunen.

Ach ja, es gibt bis heute keine andere Pforte, um in diese Welt zu schlüpfen, als eine Mutter, aber man arbeitet bereits an anderen Einstiegsmöglichkeiten, wie ich lese, doch wenn der Menschenbrutschrank, an dem man arbeitet, zuerst von Schaftlern in einem Lande erfunden wird, das antihuman regiert wird, so werden dort die Industriellen den Professoren das Brutschrankprinzip abkaufen und entreißen, und sie werden serienmäßig homunculi als billige Arbeitskräfte und zu Kriegszwecken herstellen. Dieser Umstand wird auch die Regierungen anderer Länder zwingen, solche homunculi herzustellen, und wenn ich an die Folgen denk, so möcht ich mit Hašeks Schwejk sagen: »Davor hab ich immer die größte Angst gehabt!«

Aber ich schweife ab. Ich bin nicht sicher, ob man sich das schon am Anfang einer Erzählung erlauben darf, weil nur wenige Leser geneigt sein dürften, mühsam und wie in ein Dickicht in eine Geschichte einzudringen, denn die meisten wollen durch die lieblichen Flötentöne einer Fabel in dieses Dickicht gelockt werden.

Ich wurde also noch von einem Weibe geboren. Meine Mutter war eine liebestüchtige Frau: ein Vierteljahr nach meiner Geburt beschäftigte sie sich bereits damit, einen zweiten Menschen herzustellen, und sie stattete meine Schwester mit Gliedmaßen und komplizierten Organen aus, denn der Mensch braucht allerlei, um hier im sichtbaren Leben mitreden und mitagieren zu können. Meine arme Frau Mutter schwächte sich mit diesen beiden zeitmäßig so hintereinander liegenden Arbeitsleistungen. Ihre Säfte flossen nur noch nach innen, nicht mehr nach außen, und ich blieb ohne Muttersaft. Ich wurde kraftlos, und im Alter von einem halben Jahr wurde mir das *Aufderweltsein* über, und ich bekam, ohne mit dem Rauch von Zigaretten dran zu arbeiten, den keuchenden Husten und eine Entzündung der Lunge und wollte mein Hiersein quittieren.

Und als meine Haut bereits so lappig an den Knochen hing wie das Segeltuch am Drahtgestell einer Lumpenpuppe, griff mein Großvater ein. Er atzte mich auf, und ohne ihn wäre ich gestorben, und daran erinnerte er mich, solange er lebte, und daran erinnerte er mich noch auf seinem Totenbette.

Ich wurde also zweimal geboren. Wenn das auch der Titel eines politischen Schlagers ist, so gibts tatsächlich so etwas wie eine zweite Geburt, eine zweite geistige und eine zweite körperliche. Die meine war damals eine körperliche, und das zweitemal gebar mich mein Großvater, und das mag ein wenig erklären, weshalb mir dieser Mann über die Kindheit hin und länger nahestand.

Es gibt Konstellationen im Erdenleben eines Menschen, die man *Unglück* nennt: Es kann ein Unglück sein, wenn ein Mensch keinen von den beiden Menschen kennenlernt, die ihn in die Welt wiegten. Bei mir war es jedenfalls so, daß ich meinen Zeuger später kennenlernte als den anderen Mitarbeiter an meinem Ich, denn ich wurde in Deutschland geboren, und in Deutschland hatten die Männer bislang eine Vorliebe dafür, sich jahrelang nach auswärts abkommandieren zu lassen, um Schaden in der Welt zu stiften.

Eines Tages gewahrte ich, daß ich nicht mehr dem unverbindlichen Nichts, dem Nirwana, angehörte, daß ich mich in der Welt der Selbstverpflichtungen befand, daß ich Akteur in einem Lebensfilm war und daß ich Partner hatte, auf die ich mich einstellen mußte. Als mein Großvater mir als Partner in meinem Lebensfilm zu erscheinen begann, wohnten wir in einem Kotten in einem Dorfe an einer Landstraße, und die Landstraße führte nach Schlesien.

Mein Vater befand sich im Kriege. Das war für mich eine Ortschaft hinter Berlin oder dort wo, ein Ort unter den Augen des Kaisers Wilhelm und seiner Gemahlin Auguste Viktoria.

Meine Mutter betrieb im Kotten an der Landstraße eine Nähwerkstatt und einen schmalbrüstigen Kurzwarenladen, denn sie hatte den Geldvermehrungsdrang meines Großvaters geerbt, aber bei der Weitergabe dieses Dranges war den entsprechenden Genen das kühle Rechnertum verlorengegangen.

Die Wohnstube des Kottens an der Landstraße nach Schlesien war die Szenerie, in der ich für mein jetziges Leben erwachte. Als ich aufwachte, sah ich, daß nichts mehr zu ändern war und daß ich bleiben mußte, wo ich war. Für gewisse

Umstände in unserem Lande wäre es günstiger gewesen, wenn ich ein paar Monate früher geboren worden wäre, weil mein Vater dann noch Hilfsarbeiter in einer Tuchfabrik gewesen wäre. So aber war mein Vater Soldat, als ich in die Welt eindrang, und Tuchfabrikhilfsarbeiter war nicht sein erlernter Beruf, und ich mußte in die einhundertunddreiundzwanzig Fragebögen, ohne die mein Leben ein Nichts gewesen wäre, in die Spalte *Soziales Herkommen* schreiben: *Sohn eines Bäckers.* Nun ist ein Bäckergeselle oft der einzige Untertan eines Bäckermeisters und einer der Ausgebeutetsten unter den Ausgebeuteten, doch in der proletarischen Hierarchie wird er unter der Kategorie *Handwerker* geführt und politisch minderbewußt eingestuft. Tatsächlich soll bei dieser Menschenkaste hier und dort ein politischer Bewußtseinsmangel anzutreffen sein, aber es fiel mir bis heute schwer, dran zu »glauben«, daß sich auch bei uns, wie dennmals bei den Verdammten in der Bibel, »die *Sünden* der Väter fortpflanzen bis ins dritte und vierte Glied«, aber eine gewisse Frieda Simson, die in Kaderangelegenheiten beschlagen sein will, sagte, als ich ihr zeigte, was ich hier niederschrieb, daß das bereits wieder ein Ausfluß meiner kleinbürgerlichen Abstammung von einem Bäckereiarbeiter wäre. Es bleibt mir nur übrig, mich mit Marx, Engels, Lenin und anderen zu trösten, die in bezug auf ihre Väter noch schlechter dran waren als ich, so schlecht, daß sie von jener Frieda wahrscheinlich nicht in unsere Partei aufgenommen worden wären.

Die Wohnstube im Kotten an der Landstraße nach Schlesien war Schneiderwerkstatt, Kurzwarengeschäft und Kinderspielplatz in einem. Die beiden Geschäftsbereiche waren durch eine dünne Portiere voneinander getrennt. Der Wohn- und der Geschäftsbereich waren nicht besonders gekennzeichnet, und der Kinderspielplatz erstreckte sich über beide Bereiche bis in die kleine Küche hinein, denn wir Kinder waren wie die Hühner, die keine Grundstücksgrenzen anerkennen. Wir scharrten da, und wir scharrten dort, und was für die Hühner Grassamen und Steinchen waren, das waren für uns unsere Erlebnisse, und wir pickten unsere Erlebnisse in der Schneiderwerkstatt oder in der Ladenabteilung der Wohnstube auf.

Der Kurzwarenladen der Mutter war ein halbstaatliches Geschäft, aber es war nicht so lukrativ, wie es heute manche halbstaatlichen Geschäfte sind, denn in das Geschäft meiner Mutter wirkte das Kaiserreich, in einem negativen Sinne, hinein, und von den mageren Stoffballen durfte nur abgeschnitten werden, wenn die Käufer amtlich ausgestellte »Bezugscheine« vorweisen konnten.

Meine Mutter betrieb sowohl die Schneiderwerkstatt als auch den Kurzwarenladen mit Gemüt und Gefühl. Sie nahms mit den kaiserlichen Beziehscheinen nicht allzu genau. »Fräulein, sind Sie noch bezugscheinfrei? ...« So begann ein sogenannter Gassenhauer jener Zeit, und meine lebenslustige Mutter sang diesen Schlager. Sie legte in ihrer Gutmütigkeit hier und da einen halben Meter Stoff zu, und sie verhalf den Kleinkindern der Kundschaft auf diese Weise zu einer Weste oder einer Joppe, aber beim Neueinkauf reichten die vereinnahmten Beziehscheine nicht aus, um die gehabte Menge Stoff zurückzukaufen.

Für mich waren die Stoffballen in den Regalen Kühe. Diese Kühe wurden mit Zetteln gefüttert. Sie wurden mager, wenn man ihnen zuwenig Zettel zu fressen gab, und weil diese Stoffballenkühe mit Zetteln ernährt wurden, enthielten sie von Kriegsmonat zu Kriegsmonat mehr Papier.

Unsere Kinderschürzen waren aus dünnen Papierbindfäden gewebt. Die Papierbindfäden waren mit einer Schicht Dextrin beleimt, und meine neue Schürze war so schön steif wie die Lederschürze des Hufschmiedes von gegenüber, aber im Regen löste sich meine Schürze auf, wie andere Stoffe sich in Salzsäure auflösen.

Und auch das Nähgarn ließ sich von Jahr zu Jahr leichter zerreißen, und seine sich mindernde Qualität täuschte uns vor, daß unsere Kräfte wüchsen, aber im Jahre neunzehnhundertundsiebzehn war das Garn schließlich so leicht zerreißbar, daß man keinen Maikäfer mehr damit fesseln konnte; das Garn war nur noch gesponnener Rauch.

Außer papierdurchschossenen Stoffen und groben Nesselschürzen konnte man im Kurzwarenladen der Mutter Schleifchen zum Aufhübschen von Frauenblusen kaufen. Diese Schleifchen raschelten kalt. Sie stammten aus der Familie der Weißblechbüchsen, während die Herrenschlipse aus der Vorkriegszeit seidig und weich waren, aber sie lagen in ihren Pappschachteln wie in weißen Särgen, denn sie waren überflüssig geworden, weil die Herrenwelt hochgeschlossenes Feldgrau im Leben und im Tode trug.

In der Mitte des Krieges erhielt Mutters Kurzwarenladen keinen Steck- und Sicherheitsnadelnachschub mehr. Es wurde verlautbart, man benötige alles Metall zur Herstellung von Kanonen, und die Kanonen benötige man zum Erschießen der Feinde, und ich hätte gar zu gern gesehen, wie ein mit Sicherheitsnadeln zusammengehaltenes Kanonenrohr das Schießen nach Feinden überstand.

Es gab wenig Männer im Dorf. Die Dorffrauen wußten nicht, weshalb sie noch deutsch-aufrecht und mit hochgestemmtem Busen umhergehen sollten; sollten sie es für die Großväter oder für die Konfirmanden tun? Nein, diese Schande nicht! Deshalb langweilten sich die Korsettersatzstäbchen in den Schubladen des Kurzwarenladens. Wir nahmen sie heraus, und wir bauten auf den Dielen der Schneiderstube Zäune aus ihnen. Wenn doch eine Frau im Laden erschien und nach Korsettstäbchen verlangte, so wußten wir, daß sie ihre »Rüstung« reparierte und daß sie ihren »Urlauber« erwartete.

Die Annäherung eines Urlaubers aus Frankreich oder Rußland wurde auch an anderen Anzeichen erkennbar, denn meine Mutter wurde beauftragt, für die Heldenfrau aus dem Rock einer verstorbenen Großmutter eine Bluse im Auguste-Viktoria-Look mit Achselstücken, Feinblechverzierungen und roten Paspeln aus dem Friesunterrock einer alten Sorbin anzufertigen. Meine Mutter arbeitete die ganze Nacht hindurch, und die Kundin nahm das Gewand dankbar entgegen, und sie trat aus der Zeit der Liebesdürre in die Zeit der Liebesfülle.

Ach, es geschah oft, daß bereits eine Woche nach dem liebesvollen Urlaub eines Kriegers die Nachricht von seinem »Heldentode auf dem Felde der Ehre« eintraf, und die Kriegerwitwe mußte die rot paspelierte Bluse schwarz einfärben, und die Witwenklagen stiegen gen Himmel.

Mutters Arbeitslohn für die Umarbeitungen von Großmutterröcken zu »Heldenempfangsblusen« stand in keinem Verhältnis zur aufgewendeten Zeit, wenn er nicht in Form von Magerquark oder einigen Eiern einpassierte, und da die Einnahmen aus dem Kurzwarengeschäft auch nur pfennigweis in die diebessichere Ladenkasse tropften, war es für die Mutter nicht leicht, uns ohne Hungerunfälle und gesundheitliches Stolpern durch die Kriegsjahre zu schleppen, zumal wir uns während des Krieges noch um zwei Brüder, sogenannte *Urlauber*, vermehrten.

Und wieder war es der Großvater, der achtgab, daß wir nicht verkümmerten. Bei den »Unterstützungsbesuchen«, die er uns angedeihen ließ, lernte ich ihn kennen, und sein Vorhandensein teilte sich meinem Vorhandensein mit.

Großvater, der ehemalige sorbische Pferdeknecht, hatte sich als Pferdehändler, Herrschafts- und Bierkutscher, Bergarbeiter, Gutsvogt und Fabrikarbeiter erprobt, und er führte um die Zeit, da ich ihn kennenlernte, die Berufsbezeichnung *Handelsmann*, und der Volksmund auf der Lausitzer Heide nannte solche Leute *Rumgeher*.

Solange Großvater auf Erden umherging, suchte er nach einer ihm gemäßen Tätigkeit, doch er fand sie nicht, wie mir scheint, nein, er fand sie nicht. Er hatte dies und das, was zur Ausstattung eines Dichters gehörte, und es ist schwer bestimmbar, welcher Mangel ihn hinderte, ein Dichter zu werden. Ich meine heute, es waren nicht Bücher, die ihm fehlten, denn es hat Naturdichter wie Suleiman Stalski gegeben, die ohne Bücher lebten und groß wurden. Fehlte Großvater ein Gran Intelligenz? Fehlte ihm der Glaube an sich selber?

Schien ihm der Sinn des Lebens darin zu bestehen, anpackbare Dinge zu besitzen und zu vermehren?

Und damals, als Großvater als ein *Rumgeher* umherging, war das keine schlechte Grundlage für das Leben eines Dichters, aber Großvaters Dichtungen bestanden nur aus Gesprächen. Großvater riß die Leute in die Gespräche hinein, um sie kauflustig zu machen, und er handelte vor allem mit Kriegstuchen.

Seine *Tuche* kaufte Großvater bei der Firma Schwetasch und Seidel, Stoffe und Tuche en gros, an der Hammerlache. Das war eine teichartige Ausbuchtung der Spree, hinter der Stadt, denn die Muttereltern wohnten in der Kreisstadt, und sie wohnten dort im ältesten Haus, *An der Mühlen Numero eins.* Die Großmutter betrieb in diesem Hause einen Flaschenbier- und Gemüseladen. Das hatte zur Folge, daß sich Großvater im Herbst zum Pächter einer Apfelbaumallee zwischen den Dörfern Graustein und Schönheide machte und daß er bei den Bauern Gemüse aufkaufte. Er nahm damit den Bauern den Weg in die Stadt ab. Die Bauern wußten das zu schätzen, denn sie hatten ihre Pferde in den Krieg liefern müssen, und die Landgendarmen hatten ihnen die Pneumatiks von den Fahrradfelgen patriotisiert. Man gestattete ihnen, sich als Pneumatikersatz Spiralfedern aus Eisendraht zu kaufen. Die Spiralfedern wurden in die Fahrradfelgen einmontiert, und sie machten das Radfahren zur Qual, und das Geholper erreichte fast die Lärmstärke heutiger Motorräder mit abgesägtem Auspuff.

Großvater machte sich also zum fahrbaren Kauf- und Tauschhaus. Er treckte seinen Handwagen täglich zwanzig und dreißig Kilometer über die Sandwege der Heide. Der Handwagen war mit Obst oder Gemüse beladen, und Großvaters Handelsmannskoffer lagen obenauf, und es war eine Schinderei für Großvater, doch gewiß nicht ohne Gewinn.

Wenn Großvater seinen Handwagen mit einem langgezogenen Brrrrr! auf dem Hofe des Kottens angehalten hatte, küßte er uns. Er zwirbelte sich den aschblonden Schnurrbart und zwinkerte uns zu, und er kramte aus dem Handwagenkasten ein Stückchen Speck oder eine Schinkenscheibe, einen Klecks Butter, ein Töpfchen Magerquark oder ein Kännchen Buttermilch, und er schleuste die Raritäten heimlich in die Küche der Mutter, denn die Vorratsschränke in dieser Küche waren in der Regel so leer, daß sich dort nicht eine Fliege hätte von Krümeln ernähren können.

Sodann führte uns Großvater seine musizierende Taschenuhr vor, und wir durften mit seinem Kompaß spielen. Wenn uns diese »technischen Wunderwerke« zu langweilen begannen und unsere Gier auf Neues wieder emporquoll, so packte uns Großvater, und er ließ uns kopfunter in der niedrigen Bodenstube an der Decke entlanglaufen. Da hatten wir dann den Tisch und die Waschkommode unter uns, und die gewohnte Welt verkehrte sich und verströmte einen neuen Reiz, und damals wuchs die Lust in mir, meinen anerzogenen Standpunkt zur Welt mit einem poetischen Standpunkt auszutauschen.

Wenn die Äpfel an den Alleebäumen reiften, kam Großvater mit einem alten Schafpelz und einem geborgten Fernglas aus der Stadt. Er quartierte sich für Wochen bei uns ein. Wenn Zepter und Krone auf den Bildern in unserem Märchenbuch aus einem bärtigen Mann einen König machten, so machten Schafpelz und Fernglas aus unsrem Großvater einen Apfelwächter, und es war so reizvoll an unserem Muttervater, daß er heute dies und morgen das sein konnte.

Über den knirschenden Grobkies der Landstraße bewegten sich Bauernwagen, Militärfahrzeuge, Fußgänger und Kolonnen von Kriegsgefangenen. Es gab in der notdurchwirkten Kriegszeit viele Menschen, die der Marmelade aus roten Rüben überdrüssig waren und zu Apfeldieben wurden.

Großvater bewachte Tag und Nacht die erpachtete Obsternte. Am Tage half das Fernglas und nachts half der Schafpelz Großvater beim Bewachen seiner gepachteten Ernte, und er wickelte sich in den Pelz, und er legte sich in den Chausseegraben, und er »wartete« auf die Apfeldiebe.

Am Tage durfte ich mit auf die *Apfelwache*. Wenn die Straße frei war, hängte mir Großvater das Fernglas um. Das Fernglas war für mich ein Zauberglas, und ich holte mir mit ihm die fernen Bäume, die Sträucher, die Äpfel, den Kirchturm und die Herbstblumen näher. Wenn ich das Glas absetzte, verschwanden die Blumen und die Äpfel. Sie verschrumpften in der Ferne. Ich drehte das Glas um, und es schrumpften auch der Kirchturm und die Bäume in die Ferne ein, und sie verschwanden in der Unendlichkeit.

Das war wieder ein aufregendes Spiel mit Gesichts- und Standpunkten. Es beschäftigte mich bis in meine Jünglingsjahre hinein, und es beschäftigt mich noch heute, weil ich feststellte, daß viele große Geister, die über die Erde gingen, das Leben vieldimensional an- und überschauten und daß sie das allein mit ihrer Phantasie bewältigten, ohne die vielen Apparaturen, auf die wir Menschen des *Wissenschaftlichen Jahrhunderts* nicht glauben verzichten zu können. Aber eine Weile später erkannte ich, daß all die von uns erfundenen Apparate nichts anderes sind als greifbar gemachte Phantasie, und der Kreis meiner Beobachtungen schloß sich.

Einmal fuhr die Nachzucht des Gutsbesitzers in der Kutsche unter Großvaters gepachteten Apfelbäumen dahin, und die halbwüchsigen Adelssprößlinge schlugen die Goldparmänen und die Reinetten mit Stöcken und Peitschen zu sich in den Kutschkasten. Großvater stellte sich auf die Straße, breitete die Arme aus, trat dem Fuhrwerk entgegen, fiel den Kutschpferden in die Zügel und rief den äpfelkauenden Adelskindern zu: »Bezahlen, oder ich zeig eich an!«

Die Freiherrenkinder durchkramten ihre Taschen. Auch der Kutscher suchte in seiner Livree nach Kleingeld, aber Großvater sagte zum Kutscher: »Dein Geld will ich nicht!« Aber das Geld der Adelskinder kassierte er, und er sammelte die gestohlenen Äpfel ein, und als die Kutsche davongefahren war, sagte Großvater zu mir: »So kummt man zu Gelde!«

Großvater schenkte mir die eingesammelten Geldstücke. Ich dachte an meine Sparkasse daheim. Das war eine blecherne Windmühle mit einem Schlitz zum Einwerfen von Geldstücken. Das Sparen war mir von der Mutter zur Tugend heraufgeredet worden: Du sollst nicht lügen! Du sollst nicht stehlen! Du sollst sparen! Aber für mich war nur lustig, daß sich die Flügel der blechernen Windmühle drehten, wenn ich ein Geldstück durch das eingeschlitzte Dach steckte.

Es war ein Sonntagvormittag. Wir sahen durch unser Fernrohr, wie sich eine schwarzgemummte Kleinbäuerin näherte. Sie kam vom Gottesdienst. Sie trug ihr Kirchengesangbuch in einem weißen Bündelchen, und sie trug außerdem einen geflochtenen Henkelkorb, und sie pflückte sich Äpfel in den Henkelkorb, denn sie wollte wohl nicht ganz leer aus der Kirche in die Küche zurückkehren.

Wir lagen im Chausseegraben. Die Herbstfliegen umsummten uns, und die Heidelerchen sangen. Die Frau kam näher und näher, und Großvater hielt sie an, und er sagte: »Mir scheint, du hast gestohlen, Frau!« Die Alte sagte mit weinerlicher Stimme: »Lieber, lieber Mann, zeigen Sie mir nicht an. Ich will dem Jungchen ein Talerchen schenken, ja, das will ich, will ich!«

Und sie suchte in der Tiefe ihrer Rocktasche nach ihrem bestickten Geldtäschchen, und sie zog es mit zitternden Händen heraus, und sie weinte, und sie tat mir leid. Ich weigerte mich, den hingereichten Taler anzunehmen, aber das ging gegen die Konsequenz des Großvaters, das ging gegen seinen Starrsinn und seinen Erwerbsgeist. Dieser Starrsinn und dieser Erwerbsgeist zeugten viel Böses in Großvaters und in unserem Leben, aber das wußte ich damals noch nicht; und damals war Großvater für mich noch der unantastbare, der unfehlbare Mann.

Und weil ich den Reuetaler der Alten nicht nahm, tadelte mich der Großvater und sagte: »Du wärscht mir ein Geschäftsmann!« Er strich den Taler selber ein, nahm der Kleinbäuerin die Äpfel ab und sagte: »Nu geh, alte Tschedrauka, wie würde es dir gefallen, wenn ich mir bei euch im Garten Äpfel mausen möchte!« Die Alte nickte, und sie trippelte davon. Die

Heidelerchen sangen, und sie ließen ihre weichen Töne auf uns herabkullern, und jeder Baum, auf den sich eine Heidelerche setzte, gehörte ihr.

Und es war an einem anderen Tage (die Kindheit kennt keine Daten), da sah ich durch das verkehrt herum angesetzte Fernrohr einen kleinen Mann um die Chausseekurve schlendern. Der Mann zog mit einem Rechen die Baumzweige herunter, und er pflückte sich die Taschen voll Äpfel.

Ich gab das Fernrohr dem Großvater. Der Großvater sah hindurch. Er fluchte, denn der Apfeldieb war mein anderer Großvater, mein Stiefgroßvater, und der hieß Jurischka, und er wohnte in unserem Dorfe. Die beiden Großväter waren nicht die besten Freunde, und als Großvater Jurischka heran war, sagte Großvater Kulka: »Eine feine, feine Verwandtschaft!«

Die beiden Großväter stritten auf sorbisch. Da sie wütend und verschliffen sprachen, verstand ich wenig, aber das Wort Teufel wurde von beiden mehrmals gebraucht. Dann wandte sich Großvater Jurischka ungewohnt liebevoll an mich, und er sah durchs Fernglas gegen das Dorf Schönheide hin, und Großvater Kulka zog ihm hinterrücks die gestohlenen Äpfel aus den Taschen. Aber dann fragte mich Großvater Jurischka, von wem wir das Fernglas hätten, und ich sagte es ihm arglos. Zwei Tage später wurden wir unser Fernglas los, und das Fernrohr mußte abgeliefert werden, weil alle Fernrohre in den Krieg gehörten, auf daß unsere Helden den Feind besser sähen.

Das war eine der ersten diplomatischen Spannungen in unserer Familie, aber sie schlug zu jener Zeit noch nicht in einen Familienkrieg um, weil ein größerer Krieg über allem hing.

Ich lebte wochenlang bei den Großeltern in der Kreisstadt. Ich würde dort nicht »soviel entbehren wie daheim«, sagte die Mutter. Ich wußte nicht, was ich entbehrte. Was der Mensch nicht kennt, das entbehrt er nicht. Ich kannte kein Weizenbrot und gierte nicht danach, ich kannte keine Schokolade und ich verspürte keinen Appetit auf sie. Ach, es gibt so wenige echte, aber so viele unechte Bedürfnisse, und ich träume davon, daß wir Kommunisten uns eines Tages aufschwingen und den Menschen helfen, die unechten von den echten Bedürfnissen zu scheiden, selbst wenn wir uns dabei wieder einmal ganz und gar »unpopulär« machen sollten.

Auch in mir wurden damals Bedürfnisse geweckt, echte und unechte, denn Großvater nahm mich mit auf *Fettlebe* in die Hoyerswerdaer Sorbei, und dort wohnten seine Verwandten und Altbekannten. Die Bewohner der sorbischen Dörfer kauften ihre Tuche auf *Beziehscheine* gern bei einem *Rumgeher*, mit dem sie auf sorbisch feilschen konnten. Großvater war beredsam, und er war witzig, und er verstand die Schönheit der Frauen zu loben, und er sagte zum Beispiel: »Maika, wenn ich dir so in die Augen seh, tut mir leid, daß ich schon verpaart bin!« Und er verkaufte seine Nesselschürzen.

Ich hörte mit an, wie Großvater warb. Die Abbilder von Orten, Dingen und Handlungen verschwanden in meinen Augen, und ich kleiner Mensch fiel den mütterlichen Frauen in die Augen. Ich wurde hier mit Butterbroten und dort mit Grützwürsten abgefüttert, und ich kam zu den ersten Himbeeren meines Lebens.

Eines Tages nahmen wir Großmutters Rückenkorb mit auf die Hausierertour.

»Was soll dir die Kiepe, Matthes?«

»Warts ab, Lenka, warts ab!«

Wir kamen in ein Dorf, und das hieß Proschim. Auf den Teichen hinter dem Dorfe wimmelten und blühten die Teichrosen. Sie waren die Materialisation der Zartheit.

Großvater zog sich die Schuhe und er zog sich die Strümpfe aus. Er krempelte seine Hosenbeinlinge auf, und er ermunterte auch mich. Wir stiegen ins Wasser, und wir pflückten Seerosen, Seerosen, Seerosen, und wir warfen sie in den Tragkorb.

Das Wasser erreichte die unteren Ränder meiner Hosenbeinlinge, aber Großvater hielt nicht ein. Er pflückte sich bis an den Bauch in den Teich, und ich pflückte mich bis an die Brust in den Teich hinein, und die weißweißen Wasserrosen waren in dieser Stunde für uns die wichtigsten Dinge der Welt.

Die Kiepe war gefüllt. Wir zogen uns am Ufer die Hosen aus. Wir legten sie zum Trocknen in die Sonne, und wir lagerten uns hemdig nahbei ins Schilfgras. Der Großvater sagte: »Großmutter erzählen wir das nicht erst lange!«, und es machte mich stolz, mit dem Großvater ein *Männergeheimnis* zu haben.

Der Teichschlamm duftete, und die Fliegen summten, die Libellen flirrten, und die Wildenten krächzten, die Spiegelkarpfen plantschten, und im Dorfe krähten die Hähne. Alles zusammen verwob sich in mir zu einer Stimmung, und diese Stimmung heißt heute bei mir *Kindheitssommer*. Ich kann mir diese Stimmung zurückholen, wenn ich mich an das Ufer eines Teiches lege und wenn ich das Summen und Flirren, das Krächzen und Plantschen auf mich einwirken lasse wie damals. Und obwohl es andere Duftwellen sind und obwohl es andere Tonwellen sind, die ich wahrnehme, scheint etwas von dem, was ich meine Kindheit nenne, in diesen Wellen aufgehoben zu sein.

Wir brachten unsere Teichrosen heim. Ich verriet nicht, wie wir zu ihnen kamen, doch die Großmutter sagte: »Der Junge hätt dir hinterrücks ersaufen können, du wirst grau und immer dümmer!« Die Großmutter rollte ihren Waschzuber herzu, und sie schleppte Schüsseln herbei, und zuletzt wurden die Wassereimer gefüllt, und die weißen Blüten der Teichrosen erhellten Großmutters dunklen Gemüseladen.

Es kamen einsame Soldatenfrauen. Sie kauften unsere Teichblumen. Sie lächelten, und sie dachten vielleicht an den letzten Sommerspaziergang mit dem Geliebten. Es schickten Fabrikbesitzersgattinnen ihre Hausmädchen und Köchinnen in den Klein-Leute-Laden der Großmutter, und die kauften unsere Teichrosen als extraordinären Zimmerschmuck für ihre *Gnädigen*. Wir hatten eine Kiepe voll Freude in die kriegsgraue Fabrikstadt geschleppt, und der Großvater sagte beim Geklimper der Ladenkasse: »So kummt man zu Gelde!«

Im Frühling wimmelten im seichten Strandwasser unserer Seerosenteiche Stechfischchen umher, und die hießen Stichlinge. Die Stichlingsmännchen hatten bunte Frühlingsbrüste, und sie hingen im Wasser vor den nestbauenden Weibchen, und sie zitterten, und sie warteten darauf, daß die Stichlingsweibchen den Laich ausstießen, und es gingen Wellen komprimierter Lebenslust durch die Leiber der Fische.

Wir sahen den balzenden Stichlingsmännchen zu, aber dann regte sich in Großvater der Lebenserhaltungstrieb, denn es war Krieg, und die Menschen hungerten, und auch wir hungerten. Wir fingen viele, viele liebesdumme Stichlinge, und wir stopften sie in unseren Hamstersack, und wir schleppten sie nach Hause.

Großvater kochte die Fischchen. Er kochte sie so lange, bis sich ihre Stachelflossen auflösten und nur mehr Fischzellen im Kochwasser schwammen. Die Fischzellen machten das Wasser seimig. Nach dem Erkalten entstand aus dem Seim ein Gallert, und wir nannten die unsichtbar gewordenen Stichlinge – Fischsülze. Wir aßen diese Sülze zu Brot, und das Brot war mit Holzmehl gestreckt, und Großvater wischte sich nach der Mahlzeit den Schnurrbart und sagte: »So kummt man zu wase!«

Einige der schönsten Stichlingsmännchen ließ Großvater am Leben. Er setzte sie in ein Goldfischglas, und das Goldfischglas hatte eine barocke Form, und Großvater hatte es auf einer Auktion gekauft.

Großvater stellte das Fischglas auf Großmutters Kommode vor den Spiegel. Die Stichlinge schwammen dort umher und verdoppelten sich im Spiegel. Großvater sagte: »Scheener als Schwetaschens Goldfische!«, und dabei handelte es sich um die Goldfische auf dem Vertiko der Tuchhändlersfrau Schwetasch, und damit ist alles erklärt. Jenes barocke Goldfischglas aber behielt ich als *Andenken*. Es gehört zu jenen *Andenken*, die in unserer Kate bald hier, bald dort im

Wege stehen, und es zeugt mit anderen unnützen Dingen, die uns »umstehen«, von meinen nie ganz besiegten Sentimentalitäten.

Die Mutter wollte mich wieder einmal sehen, und Großvater treckte einen Handwagen voll nützlicher Sachen aufs Dorf. Auf der Fuhre saß ich, und aus dem Geratter des Handwagens und aus Großvaters rhythmischen Tritten, aus dem Rauschen der Kiefern und dem Gezirp der Vögel entstanden Melodien, und die Melodien drangen auf mich ein.

Ich kannte damals nur Choräle und Kinderliedchen. Die Choräle holten die überalterten Blasmusiker des Dorfes aus ihrem gebogenen Blech, wenn wieder ein *Held auf dem Felde der Ehre* gefallen war. Meine *Handwagenmusik* war mächtiger als die Choräle, und als ich später Symphonien hörte, überraschten sie mich nicht, und es war nichts Unfaßliches für mich in ihnen, denn ich wußte, daß sie aus dem pfeifenden Wind, aus dem Rauschen der Bäume, dem Säuseln der Gräser, dem Gesumm der Insekten und dem Glucksen des Wassers kommen und daß sie das Weltall durchschweben und daß sie hören kann, wers vermag. Ich hörte sie damals, und ich höre sie heute, aber ich vermag nicht, sie in Form von Punkten aufs Papier zu bringen, und es gelänge mir nicht, sie mit Taktstrichen zu bändigen und zu bannen. Ich versuche sie deshalb mit der knarrenden Wortkunst zwischen Sätzen einzufangen, so gut ich es vermag, und ich bewundere Beethoven, Mozart, Schubert und andere gesegnete Bemeisterer der Musik.

So lustig und von solcher Farbe war mein Leben um die Zeit, da ich meinen Großvater kennenlernte: wir lebten wie auf einem Stern, und wir wurden einander nicht müde. Es gab keine Mißhelligkeiten zwischen uns, weil Großvater mir in überväterlicher Liebe alles erlaubte und vieles nachsah, und alles, was uns entgegenkam, und alles, was wir an Erleben zu packen kriegten, war erregend, und das besonders für mich, denn ich war neu in der Welt, und mein Leben trug noch den Silberhauch eines jungen Baumblattes.

Der Krieg dauerte vier Jahre. Ich hörte die Erwachsenen von Jahr zu Jahr mehr von Mängeln, Hunger, Leid und Sterben reden. Als der Krieg zu Ende ging, hätte man erwarten können, daß die Erde in Krämpfen erbeben oder wenigstens einen Tag lang freudig zittern würde, aber es geschah nichts dergleichen, denn die Nachricht vom Ende des Krieges ging wie ein Gerücht durchs Land, und man hatte dennmals bereits gelernt, Gerüchte mit Vorsicht aufzunehmen.

Viele Menschen freuten sich, weil sie sich noch auf der Erde und in der sichtbaren Welt befanden; die einen freuten sich, weil man sie nicht erschossen hatte, und die anderen freuten sich, weil man sie nicht hatte verhungern lassen. Die patriotisch geblähten Worte kamen eine Weile aus der Mode, und die Kriegs- und die Hungerkunst gerieten in Mißkredit.

Verhungert, zerlumpt und verlaust taumelte mein Vater aus dem Kriege. Man nannte ihn einen *Heimkehrer*, und dieses gesalbte Wort *Heimkehrer*, scheint mir, war der Same für neue nationale Phrasen.

Nun war der Vater da. Ich wurde mit meiner Schwester aus der mütterlichen Schlafkammer quartiert, und wir bezogen die kleine Bodenstube des Kottens, und es hieß, daß der Vater nun immer bei uns bleiben würde.

»Immer, immer, Mutter?«

»Immer, immer!«

Im Gastwirtschaftssaal der Großeltern Jurischka fand ein *Heimkehrerball* statt. Da war es wieder, dieses Samenwort für patriotischen Schwulst! Der Vater stieg in den Bräutigamsanzug. Der schwarze Anzug hing lappig an ihm herunter, und die Mutter überzog sich mit einem blaßblauen Kleid, und sie ging steif hinter ihrem Korsett umher, und sie erschien uns unnahbar und fremd.

Bis zum Tage des *Heimkehrerballes* kannte ich keine Furcht. Man konnte mich in der Dunkelheit in die Nachbarschaft schicken, und ich bestellte, was dort zu bestellen war, aber an jenem Abend drang das Tanzgedudel bis zu uns in die kleine Bodenstube, und ich begann mich zu fürchten. Vielleicht wars, weil die Mutter so fremd getan hatte; vielleicht wars, weil sie in einer geheimen Freude von uns gegangen war; vielleicht wars, weil wir den Ursprung dieser Freude nicht kannten.

Auf unserem Nachttisch stand eine kleine Karbidlampe. Sie stand in einem Wassertopf. Das gasbildende Karbid ging zu Ende. Ich lag neben meiner Schwester im Bett und starrte auf die kleiner werdende Flamme. Ich fürchtete mich, und die Furcht war so neu, und ich rührte mich nicht, und manchmal denk ich, daß heute oder morgen der Tod eine so neue Erfahrung für mich sein würde und daß sie eine ähnliche Erstarrung in mir auslösen würde, eine Erstarrung für Jahrtausende.

Aber auch damals wähnte ich, die kleine Karbidflamme würde verlöschen und mein Leben würde damit verlöschen. Ich entsann mich meiner unerstarrten Stimme und schrie. Meine Schwester erwachte, und ich beschwor sie, die Lampe zu schütteln.

Meine Schwester schüttelte die Karbidlampe, und ich lag selbsthypnotisiert daneben und schrie, und die Flammenmandel der Lampe vergrößerte sich, und es war mir, als hätte mein Leben noch eine Frist erhalten.

Meine Schwester schlief wieder ein, und die Flamme des Lämpchens verkleinerte sich wieder, und ich schrie wieder, und ich weckte meine Schwester, und ich flehte sie an, die Lampe zu schütteln, und sie tat es, und ich schrie trotzdem, schrie und schrie …

Und die Tür unseres Stübchens öffnete sich, und es war, als ob sie ein Windstrahl getroffen hätte. Meine Mutter stand in der Stube. Ihr Gesicht war zornig, und das zornige Gesicht paßte zu ihrem fremden Kleide. Die Stube war klein, und die Mutter war eine Riesin. Sie packte mich mit der linken Hand, und sie hob mich aus dem Bett, und sie schlug und schlug mich mit der rechten Hand, und die Hand steckte in einem Tüllhandschuh, und ich fühlte die runde Härte des mütterlichen Eheringes auf meinem nackten Gesäß, und meine Stimme erstarrte.

Die Mutter blies die Lampe aus. Sie entfernte sich. Es war, als wäre sie hinter dem Korsett nicht nur steif, sondern auch stumm geworden. Sie schloß die Tür, und sie ging treppab und der *Heimkehrerballmusik* entgegen.

Und als meine Stimme zurückkehrte, rief ich nach meinem Großvater, und der Großvater schien mir in diesem Augenblick der verläßlichste Mensch der Welt zu sein, und ich winselte mich in eine der ersten Verwandlungen meines Lebens hinein.

# Als ich noch ein Pferderäuber war

Ich will erzählen, wie man ein Pferderäuber wird, aber sollten auch andere Tatsachen die Gelegenheit nutzen und mich zu ihrem Maul machen, so werde ich sie nicht daran hindern.

Ich war zehn Jahre alt, als ich das erste Pferd für die väterliche Kleinlandwirtschaft erhandelte. Das war mein Gesellenstück als Pferdehändler, und die Tatsache ging in die mündliche Familienchronik ein.

Das erhandelte Pferd war ein weitgereistes Tier, eine »importierte« Trakehnerstute, ein Roß aus dem damaligen Lande Ostpreußen also, ein Rassepferd, und auf den Schenkel der Stute war die Stilisierung einer Elchschaufel gebrannt, und die Stute war eine Einmaligkeit unter den Pferden, die bis dahin über unseren Hof gezogen waren.

Ich hatte das hirschrote Tier bei einem Kleinbauern im Nachbardorf entdeckt, und der Kleinbauer hatte die Trakehnerin von einem verkrachten Gutsbesitzer erworben.

Die Stute gehörte dort zur »Konkursmasse«, und sie war billig gewesen, aber der Kleinbauer konnte sie nicht behalten, denn sie war ihm als Einzelpferd zu schwach, deshalb wollte er sie verkaufen, und er wollte sie nicht ohne Gewinst verkaufen. Sie sollte fünfhundert Mark kosten.

Der Preis überstieg unsere Verhältnisse, doch ich beschwor den Vater, die Gelegenheit nicht zu versäumen, ein gutes Pferd zu kaufen, und der Vater gab nach, aber er machte zur Bedingung, das Pferd dürfe nicht mehr als dreihundert Mark kosten.

Ich weiß nicht, ob der hagere Stutenverkäufer sich über mich lustig machte oder ob er meine eingelernte pferdehändlerische Geschicklichkeit bewunderte, jedenfalls handelte er mit mir, doch beim Preis von dreihundertundfünfundsiebzig Mark stockte der Handel.

Ich rannte nach Hause, und ich verständigte den Großvater, und ich tat damit, glaub ich, nichts anderes, als es Botschafter in der großen Politik tun, wenn sie mitten in Verhandlungen in ihre Heimatländer zurückfliegen, um sich Direktiven für eventuelle Kompromisse zu holen.

Großvater erklärte sich bereit, fünfundsiebzig Mark auf den vom Vater bewilligten Betrag draufzulegen, und er ging mit ins Nachbardorf, aber der krummhagere Bauer sagte, er hätte nur spaßhalber mit mir gehandelt, er könne das Pferd nicht für einen Schinderpreis hergeben. Ich sah den Bauern aus dem Keller meiner kindlichen Enttäuschung an, und der Bauer schien zu spüren, daß er dem Weltgewissen gegenüberstand.

Die Trakehnerstute zog bei uns ein, und sie war fromm. Das Adjektiv »fromm« benutzt der Mensch nur für sich und für Pferde, aber damit die Unterschiede zwischen Mensch und Pferd nicht ganz verwischt werden, bringt es ein Pferd nur zur *Frommheit* und nie zur *Frömmigkeit*. Jawohl, das O mit den zwei Strichelchen am Kopfe behielt sich der Mensch sicherheitshalber vor, aber man kann trotz dieses mückigen Unterschiedes ermessen, wie nahe ihm das Pferd einst gestanden haben muß, als es ihm noch Rakete und Ernährer zugleich war.

Die Stute war also fromm, und das war wichtig für meine Mutter. Sie streichelte das Tier mit ausgerecktem Arm. Die Stute zog den Mistwagen und den Pflug, und das war wichtig für meinen Großvater; er bearbeitete unsere kleinen Äcker mit ihr.

Die Stute ließ sich reiten, ging in der Kutsche und war schön. Das war wichtig für mich. Es lag ein goldener Schimmer über dem hirschroten Fell der Stute. Ihr Haar glänzte, und es ging eine große Schönheit von der Stute aus. Wenn die Stute auch Fohlen bekommen hätte, wäre mein Ruhm als Pferdehändler in der Familie und im Dorfe noch größer gewesen, aber die Stute bekam keine Fohlen mehr, denn man hatte sie zu lange nicht als Zuchtstute benutzt, und sie fohlte nicht mehr.

Mein Vater fuhr mit dem Brotwagen in die Nachbardörfer, und er ließ sich gern mit der Stute und ihren raumgreifenden Gängen und ihrem unermüdlichen Trab sehen, und alles ging gut, und alle waren mit der Stute zufrieden.

Der Sommer kam. Der Sommer ging. Graue Pferdebremsen wurden geboren. Sie nährten sich von Pferdeblut, sie waren ein ganzes Geschlecht, das sich vom Blute der Pferde nährte. Sie zeugten Junge und verschwanden. Die Bäume und die Sträucher zeugten Blätter und verloren sie im Herbst, und wir nannten die Blätter Fallaub. Im Frühjahr erschienen neue Blätter, und auch die alterten im Laufe eines Sommerhalbjahres, und sie erstarrten zu Fallaub und fielen, und alles schien sich zu wiederholen, die Bremsen und die Blätter, doch es waren in jedem Sommer andere Pferdebremsen und andere Baumblätter, denn wir sind grobsinnig und täuschbar.

Auch unsere Stute alterte unter ihrem Goldglanz. Sie wurde anfällig, und eines Tages steckte das Stutenschicksal in der Gestalt eines Immersäufers den Kopf aus dem Fenster des Wirtshauses und rief: »Nicht so stolz, Bäcker, vorm Durst sind wir alle gleich, Bäcker!«, und der Vater konnte diesen Zuruf aus Rücksicht auf seine Kundschaft nicht unbeachtet lassen.

Es war ein eisklarer Märzentag, und es graupelte. Es war ein Tag, an dem es angenehmer war, Grog als Bier zu trinken, und die vom Brotausfahren erhitzte Trakehnerstute stand uneingedeckt im eisverbrämten Ostwind vor der Wirtshaustür.

Die Stute wurde krank. Sie bekam Verschlag, und sie konnte die Hinterbeine nur noch schleppend bewegen. Obwohl ich weiß, daß ein Pferd keine Hinterbeine hat, schreibe ich nicht *Hinterhand*. Ich bitte alle Pferdemänner und alle Mitglieder der Reit- und Pferdezuchtverbände, mir zu verzeihen, denn es sollen mich viele Leser verstehen, aber sie werden mich nicht verstehen, wenn ich im Berufsgruppen-*Latein* schreibe, in der Kastensprache der Jäger zum Beispiel mit ihren *Lauschern, Löffeln* und *Geäsen*.

Ich nehme es den *Grünröcken* nicht übel, wenn sie über mich, den gemeinen Mann, die *Riecher* rümpfen, und ich bitte auch prophylaktisch die Sportler um Entschuldigung, wenn ich ihren Berufsjargon ignoriere, denn es bleibt dabei: ich halte den *Dadaismus* für dekadent.

Der Großvater behauptete, mein Vater wäre schuld an der Krankheit der Stute, er hätte sie zu lange uneingedeckt vor dem Gasthaus stehenlassen. Aber Schuld her, Schuld hin: der Tod sucht Ursache, und Großvater hätte nicht so ausfällig werden sollen, denn »alle sieben Jahre paßt ein Schuh«, heißt es bei uns in der Heide, und darin steckt eine Erfahrung: Nachlässigkeiten und Versehen, für die du deinen Nachbarn tadelst, als ob du sein Oberrichter wärest, sind schon unterwegs zu dir, und es kann sieben Jahre währen, bis sie dich erreichen, aber sie treffen auch dich, und auch du wirst was vernachlässigen, und auch du wirst etwas versehen.

Großvater rieb die Stute mit Kampferspiritus ein, legte ihr Lehmkompressen auf, und er probierte all seine Pferdeheilkünste durch, doch sie schlugen nicht an. Die Augen unserer Trakehnerstute trübten sich, und der Goldglanz ihres Haares flog mit der Gesundheit davon. Der Tod begann in der Stute einen geheimnisvollen Beschluß des Lebens zu verwirklichen, und er saß bereits im Blute und in den Muskeln der Stute, und er löste die Stute von dorther auf.

Unsere Trakehnerin sollte zum Roßschlächter im Glasmacherort in der Heide gebracht werden, aber wer sollte sie hinführen, wer?

Der Großvater wollte den Galgengang nicht übernehmen. Der Vater hatte keine Zeit. Die Großmutter sollte die Stute nicht wegbringen, denn ein *Schindergang* war keine Weibersache. Es blieb nur einer übrig, und das war ich, und ich war stolz, daß mir Großvater die Mannshärte für den Schindergang zutraute.

Ich schob mir zwei Butterbrote in die Jackentaschen, setzte die Schirmmütze auf und ging zum Stall. Ich nahm dem Großvater den Strick aus der Hand, aber ich vermied es, die Stute anzusehen, und ich sah starr zum geöffneten Hoftor hinaus. Ich verhielt mich, wie sich der Mensch im allgemeinen dem Unglück gegenüber verhält: er sieht ab von ihm, obwohl was zu lernen wäre, wenn er hin- und draufsähe, aber der Mensch schaut lieber in die Zukunft, und er träumt, daß die Zukunft makellos und ohne Unglück sein wird, und dabei leuchtet aus einem Loch am Wege schon die rote Mütze seines nächsten Unglücks, und er hätte dieses Unglück vielleicht umgehen können, wenn er sein letztes Unglück genauer betrachtet hätte.

Auf dem Mühlberg hinter der hölzernen Windmühle straffte sich der Stutenstrick. Ich mußte mich doch umschauen. Die Stute blickte nach dem hellgelben Bäckereigehöft zurück. Es war, als ob sie ahnte, was ihr bevorstand. Wenn ich meinen Großvater gefragt hätte, ob die Stute es ahnte, so hätte er mir geantwortet: »Sie ahnt es!« Aber der Großvater war ein einfältiger Kossät, und seine Antwort wäre anzweifelbar gewesen, doch war auch ein gewisser Thomas Mann einfältig, wenn er behauptete, Transzendenz sei vor allem im Tierischen? Er wird es wohl erfahren haben. Ich stehe nicht an, Dichtern genauso zu traun wie Wissenschaftlern, weil ich erfuhr, daß in jedem echten Wissenschaftler ein Poet und in jedem echten Poeten ein Wissenschaftler steckt, und die echten Wissenschaftler wissen, daß ihre Hypothesen dichterische Ahnungen sind, und die echten Dichter wissen, daß ihre Ahnungen unbewiesene Hypothesen sind, und weder die einen noch die anderen lassen sich von der Mannigfaltigkeit der Erscheinungen verwirren oder halten einander für Kontrahenten.

Als die Stute sich mir zuwandte, wars mir, als rännen Tränen aus ihren getrübten Augen, und da tropfte auch mir das entsprechende Wasser aus den Augen, und der Wind, der die Mühle trieb, wehte meine Männlichkeit davon. Ich verfütterte meinen Reiseproviant an das Tier, denn ich erhoffte mit dieser Gift Verzeihung für meine beabsichtigte Roheit von der Stute zu erlangen, und ich wendete, und ich trieb heimzu, und der Stutenstrick hing durch, und er spannte sich nicht mehr.

Der Großvater trat aus seiner Baukammer. Er sah, was mit mir war, und er atmete tief. Alle Luft über dem Hofe schien in seiner Lunge zu verschwinden, und dann brüllte er: »Der Deibel soll dir holen!« Niemals vorher und nachher hat mich mein Großvater so zornig beschimpft wie dennmals, als ich die Todesstute zurückbrachte. Er explodierte, und seine Worte sprangen wie giftige Splitter umher, und wer mich je in gleicher Weise »explodieren« sah, der halte mir zugute, daß da das Erbteil von meinem sorbischen Muttervater durchbrach. Ich mühe mich, dieses Erbteil zuunterst in der Truhe meiner Charaktererbteile zu halten, aber es gibt immer wieder Anlässe, die es telekinetisch nach oben fahren lassen.

Brecht versuchte mich zu lehren, wie man seinen brausenden Zorn, wie man seine rappeligen Zörner bezwingt und wie man sie in *Theaterkräche* ummünzt, aber je länger ich Brecht kannte und beobachtete, desto gewisser wurde mir, daß auch *ihm* nicht immer gelang, was er mich lehren wollte. Wenn nach einem seiner *Theaterkräche* seine Halsmuskeln zuckten, so hatte sich das Leben nicht von ihm belehren lassen.

Großvater packte den baumelnden Pferdestrick. Er machte sich barhaupt auf den Weg in den Glasmacherort. Er fluchte, und er spie nach allen Seiten aus, und seine Tränen tropften auf den blauen Kutscherschurz.

Wenn man sich eine Stärken- und Längenordnung für Gewissensbisse vorstellt, dann steht auf der obersten Zeile die Qualenmenge, die sich der Umbringer eines Menschen zu machen hat, sofern er diesen Menschen nicht für sein Volk oder Vaterland oder aus politisch unumgänglichen Gründen, wie es des öfteren heißt, umbrachte, denn in diesem Falle verteilen sich die Gewissensbisse auf alle Mitglieder der Gemeinschaft, für die er mordete, und er darf sich fast so fühlen, als wäre er kein Mörder. Auf den unteren Zeilen dieser Liste würden dann die Zeitlängen von Gewissensbissen stehen, die den Vernichtern von Blattläusen und Wasserflöhen abverlangt werden, und die Zeiträume dieser *Bisse* wären kurz, fast nicht mehr registrierbar, und die Gewissensbisse für die Vernichtung von Mikroben würden überhaupt nicht aufgeführt sein, denn an der unteren Grenze seiner Sehkraft scheint die Verantwortung des Menschen für das Leben zu enden, obwohl wir seit langem wissen, daß das ein Irrtum ist, denn der Mensch bekommt es zu spüren, wenn er zum Beispiel gegen Bodenbakterien frevelt und die Erde, aus der er selber herauswuchs, verwüstet, aber wir fahren trotzdem fort, in diesen Dimensionen zu sündigen.

Es wurde nötig, ein neues Pferd anzuschaffen: In den Nachbardörfern wartete die Brotkundschaft, und die Äcker mußten bestellt werden. Wir mußten uns ein Pferd zum Brotausfahren leihen, und wir liehen uns eines in der Nachbarschaft. Die Großmutter mußte als Bittstellerin und ich mußte als Kutscher in die Nachbarschaft gehen. »Pferd und Frau verborgt man nicht, lieber die Frau«, sagten die Heidbauern, aber die Großmutter konnte so herzheiß bitten, daß sie ihren Lebensunterhalt auch hätte als Bettlerin bestreiten können. Wenn wir unser Leihpferd erhalten hatten, faltete Großmutter ihre Hände unter der Schürze, und sie betete zu Gott, er möge dafür einstehn, daß das geliehene Pferd nicht allzuviel Mucken habe und daß es nicht lospreschen möge, bevor man auf dem Brotwagen saß. »Liebes Jechen, sei uns gnädig!«

Es mußte ein neues Pferd heran, und der Vater fuhr mit dem Fahrrad zum Pferdemarkt. Er kam zu spät dort an, denn alle Pferde, die paßrecht für uns gewesen wären, waren schon verhandelt, aber der liebe, liebe Zufall trieb meinem Vater in einer Marktschenke den Gelegenheitsviehhändler Karle Sudler aus dem Nachbarort entgegen: Wenn der Vater und Karle Sudler auch Nachbarn waren, zwischen deren Gehöften nur zwei Quadratkilometer mit Pflaumenbäumen umsäumte Felder lagen, so begrüßten sie sich doch wie Mitglieder einer Expedition, die von verschiedenen Punkten zum Pol aufbrachen, denn der kleine Bauernmensch erzittert in der Fremde, und die beginnt hinter seinem Dorfe, und er ist in der Fremde bereit, sich mit seinem ärgsten Feind zu versöhnen, weil das, was sie im Heimatdorf verfeindete, draußen im Weltenraum gegenstandslos wird.

Karle Sudler war schwarzhaarig, und er hatte glutvolle Dunkelaugen. Man munkelte, seine unbemannte Mutter, eine Hebamme, die straßauf, straßab unterwegs war, um den Bauernkindern ins Leben hinein zu helfen, hätte eines Tages mit einem Zigeuner zusammen im Straßengraben abgerastet.

Karle Sudler war ein *Denksportler*, obwohl diese Sportart damals noch nicht bekannt war, denn die Kreuzworträtsel waren noch nicht erfunden, und wenn sie erfunden gewesen wären, so hätte das dem Sudler-Karle nichts genutzt, denn er las keine Zeitung. Sudler fertigte sich die Denksportaufgaben selber an, doch sie waren nicht so harmlos wie die heutigen, und die meisten ließen sich in der Frage zusammenfassen: Wie verwende ich meine Skrupellosigkeit, um mich an weniger skrupellosen Mitmenschen zu bereichern?

Karle Sudler begrüßte meinen Vater ausgiebig und groß, und er unterbreitete meinem Vater seine Biedermannssorgen. Er verriet meinem Vater unter Brüdern, daß er seit dem Frühmorgen auf ein paar dunkelbraune Kutschpferde aus wäre, daß es sich um eine Stute und einen Wallach im Brandenburger Modell handele und daß ein Tuchfabrikant das Gespann »abstoßen« wolle, um sich jüngere *Prescher* zu kaufen. Karle Sudler hatte den Klepper, der seinen Kutschwagen zu Markte getreckt hatte, bereits verkauft, und er hatte die Fabrikantenpferde schon »mächtig« heruntergehandelt, aber das Geld, das er bei sich führte, reichte nicht, um das Passergespann zu kaufen.

Karle Sudler machte den Vater auf das Kutschgespann lüstern. Er schlug vor, der Vater sollte eines und er würde das andere der Passerpferde kaufen, und an Sonntagen würden sie die Pferde zusammenspannen, und sie würden Hochzeits- und Kutschfahrten unternehmen. »Wir werden fahren, fahren werden wir, daß alles rumpelt«, sagte der Sudler, »und die Pferde werden sich verzinsen, daß unseren Neidern die Augen übergehn!«

Das Pferdegespann war bis auf sechshundert Mark heruntergehandelt, und das war billig für zwei brauchbare Pferde, aber der Sudler-Karle hatte nur zweihundertundfünfzig Mark in der Tasche, jedenfalls in der Tasche, in die er griff, als es ans Bezahlen ging, und mein Vater, dem der Geldmangel seines »Kompagnons« peinlich war, legte wortlos und vornehm dreihundertundfünfzig Mark dazu, und Karle Sudler nickte zustimmend, weil der Vater genau das tat, was Sudler von ihm erhoffte, und weil der Vater es so vornehm und schweigend tat.

Vater und Karle Sudler fuhren im Kutschwagen heim. Das alte Fahrrad des Vaters klapperte hinten im Herrschaftssitz vor sich hin. Sie kehrten unterwegs in den Gasthäusern ein, und sie ließen ihre künftigen Hochzeitsfuhrenpferde bewundern, und der Vater bezahlte die Zechen, weil die Brieftasche vom Karle Sudler – wir wissen …

Und endlich kamen sie in unserem Dorfwirtshaus an, und dort teilte der Sudler-Karle in der Gegenwart der männlichen Dorfbevölkerung die Pferde auf, und er sagte zum Vater: »Für deinen Brotwagen brauchst du etwas Spritziges«, und er teilte dem Vater die etwas leichtere Stute zu, und die anderen Männer nickten, weil neue Pferde künftige Dorfbewohner waren, die das ganze Dorf in den Nachbardörfern oder in der Stadt repräsentierten.

Nun war die Stute da, und der Wallach war dort. Die Stute war ein gängiges Pferd für unsere Zwecke. Großvater war dem Vater noch immer gram wegen der verlorenen Trakehnerin, aber jetzt konnte er nicht mehr widerstehen, und er sah sich die neue Stute an, und er fand sie fast untadelig, denn »wer da fürchtet Spat und Galle, hat nie ein gutes Pferd im Stalle«.

Es gelüstete Großvater, das ehemalige Kutschpferd bei der Feldarbeit auszuprobieren. Er probierte es aus, und der Stute schienen Ackerwagen, Pflug und Egge nicht unbekannt zu sein, und sie fügte sich schnell in alle Einspännerarbeiten.

Wir teilten einen Laib Ewigkeit in Stunden-, Tages- und Wochenschnitten. Wir verkrümelten viele Minuten und vergeudeten manche Zeit, und wir wähnten für ein Weilchen, unser Leben an allen vier Zipfeln zu halten, aber eines Tages erschien Karle Sudler mit dem Wallach auf unserem Hofe, und das, was mein Vater glaubte profitiert zu haben, als er in den von Sudler vorgefertigten Pferdehandel stieg, mußte nach- und überbezahlt werden.

Karle Sudlers schwarze Blicke fluckten wie Schüsse aus einer Maschinenpistole umher. Er barmte, sein Wallach ginge schlecht als Einspänner, und er wolle zum Beispiel beim Pflügen nicht in der Furche gehen. Der Sudler-Karle könne seine Äcker nicht ordentlich bestellen, und er bat, und er bettelte: »Gebt mir ein Weilchen die Stute und fahrt mir um Jesu willen den Wallach ein!«

Nun nahm Großvater den Wallach in die Lehre. Das war überdrauf. Der Wallach war als Einspänner so anstellig wie die Stute, doch er war fauler, und man mußte ihn ohne Unterlaß treiben, und man mußte die Peitsche unausgesetzt wie zum Schlag erhoben halten, und das war ermüdend für den Kutscher.

Nach drei Wochen trabte ich sonntags mit einer Nachricht über die Felder zum Ausbauernhof der Sudlers: »Onkel Sudler, eire Wallach is jetzt im Pfluge eingefahren, ihr könnt eich ihn wiederholen!« Sudlers Schwarzaugen wichen meinem Blick aus: »Noch bißchen brauch ich die Stute, noch bißchen!«

Wir warteten eine Woche, und der Vater schickte mich wieder zum Sudler. »Noch bißchen, Jungchen, noch bißchen!«

Und wieder einen Sonntag später ging der Vater übers Feld zu den Sudlers, und ich ging mit.

Der Vater hatte auf dem Pferdemarkt fünfzig Mark für den Sudler verauslagt. Er verlangte die fünfzig Mark zurück. Der

Sudler-Karle gab die fünfzig Mark nicht zurück, denn er behauptete, er hätte die Pferde auf dem Markte ausgehandelt, und mein Vater hätte keine Arbeit damit gehabt, die fünfzig Mark wären sein Händlerlohn. Er wollte auch die Stute nicht herausgeben, weil die Pferde als Gespann gekauft worden wären, und jetzt stünde eben die Stute beim Sudler und der Wallach bei uns, und vorher hätte die Stute bei uns und der Wallach beim Sudler gestanden, alles wäre in der Ordnung.

Der Vater war in der Stadt Hamburg am Atlantischen Ozean geboren, und er hatte in seiner frühesten Kindheit das Land Amerika gesehen. Er war eine Gentlemannatur, und er war nicht der Mann, der da sagte: Die Stute heraus, oder die Bude wackelt! Das zu sagen wäre auch ungeschickt gewesen, denn wir waren auf dem Sudler-Hofe in der Mindermacht, weil dem Sudler-Karle ein Knecht zur Verfügung stand, und dieser Knecht wurde *Politiker* genannt, und es stand ihm die Sudler-Frau zur Seite, und die hatte ein Mundwerk so grob wie ein Kiessieb, und es stand dem Sudler-Karle die Sudler-Mutter zur Seite, und die war Hebamme für sieben Dörfer. Die Sudler-Mutter hatte zwar kein grobes Maulwerk, aber es stand ihr allzeit ein wissendes Lächeln um den Mund, und ewig dieses wissende Lächeln, und das mußte einer Frau, die an der Pforte des Lebens hantierte, wohl zustehen, und es wollte sichs niemand so recht mit der Sudler-Mutter verderben.

Der Knecht, den man den *Politiker* nannte, wählte bei jeder Reichstagswahl eine andere Partei. Er wählte die gegensätzlichsten Parteien hintereinander; nach den Deutschnationalen die Kommunisten und nach den Sozialdemokraten die Partei eines gewissen Herrn Winter, der sich für die Aufwertung von verfallenen Geldscheinen einsetzte; es kam ganz darauf an, von welcher Partei der war, der dem Politomanen, bevor der »wählte«, eine Flasche Schnaps zuschob.

Man munkelte, der *Politiker* wäre früher Besitzer eines Zeitungsstandes in der Stadt Königsberg gewesen. Er hätte täglich die Zeitungen aller Parteien um und um gelesen, und er hätte sich dabei die gegensätzlichsten politischen Impulsströme einverleibt, und dann hätte es plötzlich in seinem Hirn aufgezischt, und es wären einige seiner Hirnzellen verkohlt.

Mein Großvater hatte nicht den Ehrgeiz, für einen Gentleman gehalten zu werden. Er war der Meinung, die Stute müßte wieder zu uns, und vom Sudler-Karle sagte er: »Wenn wir den haben, dann werden wir den schon kriegen!«

Ein paar Wochen lang herrschte süßeste Eintracht zwischen meinem Vater und dem Großvater, und wir waren die Nutznießer. Wir lebten unser Leben für kurze Zeit, ohne unsere Familiendiplomatie spielen lassen zu müssen, denn wir brauchten beim Erzählen nicht zu beachten: das darfst du vorm Großvater und jenes vorm Vater nicht sagen!

Es war ein seliger Zustand, wie wir ihn aus den Klassenkampfpausen in der Weihnachtszeit und während der Sommerurlaubswochen in unserem Lande kennen.

Es war ein Mittelherbstabend, und die Sonne war vor dem Untergehen, und Großvater säte den Roggen fürs künftige Jahr. Der Vater säuberte mit einer Kartoffelhacke die Furchen des Pachtackers von Queckenwurzeln, und ich wartete auf das Eineggen der Saat. Ich saß pfeifend auf dem Kornsack, und ich ließ den Wallach am Rain ein wenig Queckengras rupfen.

An unserer Feldgrenze lag eine dichte Kiefernschonung. Sie lag da mitten in den Feldern, und sie war ein Unterschlupf für die Fasanen des Gutsherrn. Als mir die Zeit lang wurde, stöberte ich in der Schonung umher. Hinter der Schonung gab es auch Felder, und auf diesen Feldern wurde auch Roggen gesät. Auf der ganzen Felderweite sah man Männer mit Säetüchern und Säemulden, und die warfen taktmäßig die Arme seitlich aus, und sie beschrieben mit den Armen einen Halbkreis.

Wir lebten in einem Roggenland, und wir säten unsern Roggen vor der Schonung aus, und andere Leute, die ihren Roggen hinter der Schonung säten, waren Karle Sudler, sein *Politiker* und der Sudler-Sohn, der Willi. Der Willi war etwas älter als ich, und er war fast konfirmationsfähig. Der Willi saß auch bei den Kornsäcken am Wagen, langweilte sich und schnitzte an einer Gerte. Ich sah das alles, und ich sah die Stute vor dem Sudler-Wagen, und ich sah, wie sie die Ohren spitzte, als sie mich wahrnahm, denn eigentlich war sie ja unsere Stute. Der Willi aber schälte die Rinde von seiner Gerte, und er nahm mich nicht wahr.

Ich ging zu unserer Säegruppe zurück und erzählte dem Großvater, was ich auf der anderen Seite der Schonung gesehen hatte. Später in schlimmen Zeiten erfuhr ich, daß man einen solchen Beobachtungsgang Spähtruppunternehmen heißt, aber damals wußte ichs nicht. Der Großvater aber sagte: »Heute kriegen wir die!«, und er gab mir Instruktionen. Seine Worte waren für mich so heilig, wie die Worte des Moses den Kindern des Alten Bundes heilig waren. Ich sagte bereits, es war Herbst, die Vögel lebten schon geräuschlos, es war Stille in der Luft, und die Erde war saatbereit und harmlos. Damalen wußte ich noch nicht, daß es ebenso still ist, bevor ein Krieg beginnt, und daß die Krieger jenes Volkes, das ein anderes zu überfallen gedenkt, sich so harmlos verhalten wie Mitglieder einer Sekte von Friedenspredigern.

Ich hatte mich in der Schonung versteckt, und ich hielt den gezäumten Wallach am kurzen Zügel, sonst aber war der Wallach nackt; Großvater hatte ihm das Geschirr abgenommen. Ich spähte zu den Sudler-Säern hinüber, und ich sah, daß der Willi immer noch auf dem Wagen saß. Er kamuschkeite jetzt mit fünf runden Quarzsteinen. Ich kann nicht aufschreiben, wie dieses Spiel auf deutsch heißt, weil ich deutsche Kinder nie kamuschkeien sah. Das Spiel läßt sich allein, zu zweit, auch zu viert oder zu fünft machen. Man sitzt dabei nieder, und man hat fünf Steine vor sich liegen. Man wirft einen Stein in die Luft, und man rafft, solange sich der Stein in der Luft befindet, die übrigen vier Steine von der Erde, um den niederfallenden Stein mit der gleichen Hand aufzufangen. Oder man wirft vier Steine in die Luft und rafft inzwischen einen Stein vom Grasboden – ein Geschicklichkeitsspiel, bei dem es viele Erschwernisse gibt: Man formt zum Beispiel die Hand zur Faust und läßt nur ein kleines Loch in der Faust, und durch dieses Loch muß der fliegende Stein zu den anderen vier aufgerafften Steinen in die Faust schlüpfen, und diese »Figur« heißt *Taubenloch*.

Sicher haben dieses Spiel sorbische Kinder beim Kuhhüten auf der Lausitzer Steinheide erfunden, denn sie verbrachten dort einen Teil ihres Kinderlebens als Brüder und Schwestern der Kühe auf den Triften.

Manchmal meine ich, man sollte dieses Spiel in den Wartezimmern einiger Polikliniken und in den Wartezimmern mancher Ämter einführen, ja, man sollte dort fünf glatte Quarzsteine auf die Tische legen. Das Spiel würde sich von selber entwickeln, und es würde uns die Geduld nicht mehr von gefüllten Kaffeekannen zerstört werden, wenn sie an uns vorbeigetragen werden, und wir würden durch dieses Spiel unsere Geschicklichkeit verbessern.

Und nun muß ich erwähnen, daß ich mit dem Wallach linker Hand in der Schonung stand, weil sonst nicht zu verstehen ist, wieso glücken konnte, was jetzt geschah: Auf der rechten Seite der Schonung wurde mit eins ein Fasanenhahn laut, und ich wußte, daß dieser Fasanenhahn mein Großvater war, aber der Sudler-Willi kannte die tausend Künste meines Großvaters nicht, und er glaubte an den Fasanenhahn. Er machte sich auf, um eine Fasanenschwanzfeder zu haschen, und er drang rechts in die Schonung ein, und es war niemand mehr am Sudler-Wagen als die Stute. Ich gesellte mich mit dem Wallach zu der Stute, und ich band den Wallach an der hinteren Wagenrunge fest, die Stute aber band ich von der vorderen Wagenrunge los, doch als ich mich zur Schonung aufmachte, gewahrte mich der *Politiker*, und er schlug Alarm. Da kam der Sudler-Karle mit einem eisernen Rechen über das Feld und auf mich zugelaufen, und er hätte wahrscheinlich nicht angestanden, mir die Rechenzinken irgendwo hineinzupassen, wenn mein Großvater nicht aus der Schonung gekommen wäre und die Wut und den Rechen vom Karle auf sich gelenkt hätte. Als Karle Sudler ausholte, um den Großvater zu treffen, schrie der Großvater, daß es weithin und bei den anderen Säern auf den Feldern ringsum zu hören war: »Ich handle in Notwehr! Ich handle in Notwehr!« Er entriß dem stutzenden Sudler den Rechen, und er brach den holzenen Stiel herunter. Er warf den eisernen Zinkenkamm in die Schonung, und er zog dem Sudler mit dem Rechenstiel eins über. Nun aber schrie der Sudler-Karle, und er schrie auch so, daß es die Säer seitab hören konnten, aber er schrie um Hilfe. Die Nachbarn hoben die Köpfe, und da sie zwei sich beschimpfende Kossäten, aber niemand gewahrten, der Hilfe nötig gehabt hätte, senkten sie die Köpfe wieder, um nicht zeugen zu müssen, falls aus der Sache etwas Gerichtliches werden sollte, und sie säten weiter und sorgten sich um das Brot für zu Jahre.

Der Sudler-Karle rief den *Politiker* zu Hilfe, und der *Politiker* wollte erst wissen, ob er für die Hilfeleistung eine Flasche Schnaps bekommen würde. Der Sudler-Karle versprach ihm die Flasche, und der *Politiker* fragte: »Kleine oder große Flasche?« Der Sudler-Karle schrie: »Eine große Flasche!«

Jetzt trat erst einmal mein Vater aus der Schonung, und der *Politiker* bat meinen Vater, später zu bezeugen, daß ihm sein Bauer eine große Flasche Schnaps versprochen hätte. Mein Vater versprach dem *Politiker* die Zeugenschaft, doch er verhinderte gleichzeitig, daß der *Politiker* dem Sudler gegen den Großvater beistand.

Auf dem Saatfelde entwickelte sich eine Prügelei, aber ich kann nichts über sie vermerken, weil ich verhindert war, dran teilzunehmen. Aus dem Saatfeld wurde ein Schlachtfeld – auch das war so wie bei Kriegen zwischen zwei Völkern.

Ich nahm der Stute das Sudler-Geschirr ab, legte es an den Rand der Schonung, legte der Stute unser Geschirr auf, und ich spannte sie ein. Ich fuhr im Galopp nach Hause, und das hatte der Großvater mich nicht geheißen; der Sudler-Willi aber stöberte die ganze Zeit in der Schonung nach dem Fasanenhahn.

Die Sache wurde gerichtlich. Der Sudler strengte einen Prozeß gegen meinen Vater und meinen Großvater an, sie hätten ihm sein gutes Pferd mit Gewalt gegen ein schlechtes vertauscht.

Nun gehört hier etwas her, was ich vielleicht hätte früher erwähnen müssen, nämlich eine Charaktereigenschaft meines Großvaters, doch ich meinte, man soll literarische Figuren nicht schon zu Beginn einer Erzählung mit Fudern von Charaktermerkmalen zudecken, und man soll den Leser nicht langweilen. Man möge mir jedenfalls glauben, daß ich die nachzutragende Charaktereigenschaft meinem Großvater nicht andichte, weil es der Gang der Erzählung erheischt, denn es wäre künstlerisch unfair, wollte ich mich jener Erzähltechnik bedienen, die zur Goethezeit im Schwange war und im *Wilhelm Meister* Höhepunkte erreichte.

Mein Großvater war ein berüchtigter Prozessierer, ein Anstrenger und Bestreiter von Bagatellprozessen, als da waren: Beleidigungs- und Erbschaftsklagen, Grenzstreitigkeiten und Zinseintreibungen.

Mein Vater, dem der Großvater einige Prozesse aufgehalst hatte, behauptete, der Lebensweg des Großvaters wäre mit Prozessen gepflastert gewesen, und das stimmte leider, denn der Großvater hatte als junger Mensch sogar seinem Vater einen Prozeß geliefert. Wirklich, der Großvater prozessierte mit der gleichen Leidenschaft, mit der er Pferde handelte, und es muß ihm einen intellektuellen Genuß verschafft haben, Recht zu erhalten, aber vergeßt nicht, daß er ein Sorbe war, und daß er einem Volke angehörte, dem von seinem Gastgebervolke, den Preußen, freiwillig nicht allzu viele Rechte eingeräumt wurden.

Großvater leitete seine Prozeßabsichten in der Regel mit dem Satze ein: »Wenn ich in die Stadt kumm, muß ich mal bei Magern gehn!«

Mager war ein Rechtsbeistand in der Kreisstadt, ein sogenannter Winkeladvokat. Er war klein, verwelkt und weißhaarig, glich einem frostigen Kiefernzapfen, und man konnte ihm nicht in die Augen sehen, weil sie von dicken Oberlidern verdeckt waren. Für den Großvater war Mager die Inkarnation der Gesetzbuchkenntnis und der Beherrscher aller Haupt- und Winkelzugsparagraphen, denn er hatte ihm schon beim Prozeß gegen den Urgroßvater »beigestanden«.

Und wie Mager noch war, erkläre ich am besten am Verhalten eines Freundes, mit dem ich in der Jugend manche Landschaft durchwanderte. Er wurde Berufssoldat, er wurde Leutnant, und er wollte mir beweisen, daß er keinen Dünkel bekommen hätte. Wir versuchten es noch einmal mit einer gemeinsamen Wanderung, aber die Landschaft war für diesen Leutnant nur noch ein strategisches Gelände, und sobald wir uns einem Hügel näherten, erwog er, wieviel Maschinengewehre und Granatwerfer er hinter ihm in Stellung bringen würde, und Bäume und Bodenwellen waren nichts als Deckungen, und er probierte sie aus und versah sie mit Zensuren: »Sehr gut, sehr gut.«

Der Luftraum über der Erde war für diesen Leutnant ein Raum für Schußbahnen von Gewehrkugeln und Granaten geworden, und es wucherte das Myzel für den *Heldentod* in jenem ehemaligen Freunde, und er starb diesen Tod später am Ilmensee; unter uns gesagt: diesen ganz und gar durchschnittlichen Landsknechtstod.

Und ähnlich wars mit jenem Winkeladvokaten Mager, denn alles, was er ansah, verwandelte sich in Gerichtsprozesse. Seine Mitmenschen existierten nur, damit sie Recht begehrten oder sich gegen das Recht vergingen, und ein Leben ohne Rechtshändel wäre für Mager ein Leben ohne Existenzgrundlage, ein ungerechtes, ein nicht annehmbares Leben gewesen.

Im Vorraum von Magers Büro herrschte eine schweflige Dämmerung, und die wurde von einer gelb verglasten Korridortür produziert, und es hauste dort ein weißer Spitz, und auch der Spitz wirkte gelb in diesem Schwefeldämmer. Er umkreiste Fremde wütend wie eine gereizte Wespe, und manchmal biß er zu, und wenn die Klienten sich beschwerten, redete

Mager ihnen ein, das Spitzzwicken wäre eine günstige Vorbedeutung für den Prozeßverlauf.

Abends spazierte Rechtsbeistand Mager mit verkniffenem Munde auf der Dammpromenade am Fluß. Seine welken Wangen waren mit silberhaarigen *Hasenpfoten* bewachsen. Er sah aus wie ein zweihundertmal verkleinerter Schopenhauer. Der Spitz ersparte sich das ewige Anheben eines Hinterbeines, und er trippelte auf drei Beinen von Baum zu Baum. Mager sah die weidenumsäumten Windungen des Flusses nicht, und er hörte weder den Zilpzalp noch das Rotkehlchen singen. Er rief seinen Spitz ab und zu mit knarrender Stimme zur Ordnung, und außer diesem Spitz existierten für Mager weder Menschen noch andere Lebewesen, und über Magers schwarzem Hute tanzten nicht Mücken, sondern ein Schwarm von gekrümmten Paragraphen.

Magers weißer Spitz kannte mich, und er kläffte nicht, wenn ich kam. Unter dem Spiegel der Flurgarderobe hockte ein ausgestopfter schwarzer Spitz, der mich mit seinen Glasaugen bittend ansah. Das war Magers verstorbener Spitz. Er hockte auf den Hinterpfoten und »machte Männchen«, und er hielt mit den Vorderpfoten einen Spucknapf, und in dem Spucknapf befand sich stets sauberer weißer Sand. Wenn ich mit Großvater zu Mager ging, machte ich Mager eine Freude, und ich spie in den vom ausgestopften Hund bereitgehaltenen Napf, und Mager lachte jedesmal darüber. Es war ein knarrendes Lachen, und es ähnelte dem Gesang des Wachtelkönigs. Mager lachte jedesmal wieder, wenn ich in den Spucknapf spie, und es war nicht zu erkennen, ob Mager aus Senilität oder aus Zuvorkommenheit gegen seine Kundschaft lachte. Aber alle Schrulligkeit hat Gründe, und wenn wir die Gründe in jedem Falle kennten, würden wir eher Mitleid mit Schrullenträgern haben und uns weniger über sie belustigen:

Mager war impotent, und die Frau, die er geliebt hatte, hatte ihn verlassen. Er trauerte lange um sie, aber dann nahm er eine zweite Frau, und auch die verließ ihn. Die zweite Frau war begütert, und Mager stand nicht an, sie mit Gewinn für sich hinwegzuprozessieren. Da man seine Liebe verschmähte, mochte sich aus dem jungen Mager mit dem unsichtbaren Gebrechen jener Hagestolz entwickelt haben, den ich kennenlernte, der, um den Ruf der Impotenz zu entkräften, wöchentlich zweimal das Bordell besuchte, denn das Bordell lag in der Straße, in der er wohnte, in der er seine Paragraphenküche betrieb, in der man ihn beobachtete, in der man alles von ihm wußte.

Ich bemerke, daß ich dem Leben des Rechtsbeistandes Mager mehr Platz in der Erzählung einräumte, als ihm zukommt, und ich ließ zu, daß sich ein Mensch, der im Leben einen Stehplatz auf der Galerie hatte, zur *Bühne* drängte. Ich bitte meine Leser um Verzeihung, und ich bitte sie gleichzeitig, zu bedenken: Vielleicht gibt es einige Beziehungen von Aufschreibern zur Wirklichkeit, die von unseren Literaturwissenschaftlern noch nicht erforscht wurden, und vielleicht bin ich vom Leben beauftragt worden, dem kleinen Mager jenes Quentchen Mitgefühl bei seiner Nachwelt zu verschaffen, das ihm von seiner Mitwelt versagt blieb.

Unser Prozeß mit dem Sudler hätte vielleicht mit einer oder zwei Verhandlungen zu Ende sein können, wenn man nach der Aufnahme des Tatbestandes jene Leute angehört hätte, die bezeugen konnten, daß die Stute uns gehörte, aber das tat man nicht, denn es gab in der Kreisstadt drei oder vier Rechtsberater, und die wollten existieren, und sie machten aus einer Prozeßmücke ein Prozeßschwein, und der Advokat, der einen Prozeß mit wenigen Verhandlungen zu Ende brachte, hatte den wenigsten Zuspruch.

Unser Prozeß verschlang eine Menge Vorschußgelder, und meine Mutter bejammerte diese Tatsache, doch sie wurde vom Großvater zurechtgewiesen: »Bis' stille! Ich weeß, was ich weeß, ich war bei Magern!«

Und in der letzten Phase des Prozesses war auch ich auf dem Gericht, doch ich weiß bis heute nicht, wie es Mager gelang, mich in den Gerichtssaal zu schmuggeln, und wie er es erreichte, daß ich gehört wurde; vielleicht erreichte es Mager durch Bestechungen.

Da war die Tür des Gerichtssaales, durch die jahrsüber viele Prozeßgewinner und viele Prozeßverlierer gingen. An dieser Tür hing ein Zettel, und auf dem Zettel waren die Gerichtsverhandlungen des Tages in ihrer Reihenfolge verzeichnet, und es war dort verzeichnet: *Sache Sudler gegen Strittmatter – Pferderaub.*

Ich las es, und ich erschrak: War mein Großvater denn ein Räuber? Gehörten zu einem Räuber nicht Verworfenheit, Kaltblütigkeit, Gewalttätigkeit, Mordlust, ein schwarzer Vollbart, ein scheeles Auge, eine Hinterladerflinte und ein geraubtes Weib? Und mußte ein Räuber nicht mindestens von zwei Gendarmen in die Stadt und vors Gericht gestoßen werden?

Nein, ach nein, Mager bewies, daß Großvater ein rechtschaffener Mann, ein unbescholtener Bewohner unseres Dorfes und kein Pferderäuber wäre, aber dann wies der kleine Mann mit einer großen Geste auf mich und sagte: »Der Pferderäuber? Dort sitzt er! Befragen Sie ihn!«

Ich erbleichte, und ich wartete drauf, festgenommen zu werden, aber der kleine Mager machte eine beruhigende Handbewegung zu mir hin, und der Vorsitzende rief mich, scheinbar widerwillig, nach vorn, und er tat so, als ob er sich damit etwas durch und durch Überflüssiges leistete. Er fragte mich: »Hat dein Großvater dich beauftragt, mit der Stute ins Dorf zu preschen?«

Und ich antwortete: »Man ist alleene Manns genug«, und die Zuhörer belachten meine Antwort, und der Vorsitzende drohte, die Zuhörer aus dem Gerichtssaal entfernen zu lassen. Rechtsbeistand Hundertmark, der Verteidiger des Sudler-Karle, erhob Einspruch gegen die Vernehmung von Unmündigen in einem ordentlichen Gerichtsverfahren, aber irgendwie schien meine Aussage den Ausgang des Verfahrens doch zu beeinflussen, und das hatte Mager zuwege gebracht.

Wir gewannen den Prozeß, und auch ich begann diesen Mager zu schätzen, ja, ich liebte ihn fast, weil er so klug und gesetzeskundig war, aber vor dem ersten Schultag nach den Weihnachtsferien fürchtete ich mich, denn ich erwartete, in der Schule würde man mich nunmehr *Pferderäuber* rufen, aber etwas anderes geschah: Ich wurde für Tage der Held meiner Schulklasse, und alle Schulkameraden wollten mir den Arm um den Nacken legen und mit mir um den Schulhof spazieren. Das war bei uns in der Heideschule ein sichtbarer Ausdruck von Freundschaft, und wenn man dazu den Umstehenden noch versicherte: »Wir sind Freunde! – – – Wir sind Freunde, bääh, bääh, bääh«, so war das der Ausdruck von einer Freundschaft, die heute mit dem Ausdruck »unverbrüchlich« gekennzeichnet wird.

Ich habe nie wieder so viele Freunde gehabt wie dennmals, als meine Mitschüler sich glücklich schätzten, wenn sie mich, den gerichtlich anerkannten Pferderäuber, berühren durften, und damals verwirrte mich das, weil Räuberei uns in der Religionsstunde als ein verwerfliches Tun gekennzeichnet wurde, aber die Gottesstrafe für meine Räuberei war wohl, daß keines der Mädchen seine Arme um meinen Nacken legte, und auch die eine, auf die ich es abgesehen hatte, tat es nicht, nein, sie tat es nicht.

Nun hatten wir unsere Stute wieder, und wir hätten glücklich sein müssen, denn es durchschwebt den Menschen eine Sehnsucht nach Glück, und er denkt, sobald mir jenes Auto, jenes Häuschen im Grünen, jener Garten am Fluß, jener Anzug oder jene Stiefel gehören werden, sobald ich meinen Nachbarn im Wohlstand überholt haben werde, ohne ihn eingeholt zu haben, werde ich glücklich sein, und es wird mir nichts mehr zu wünschen bleiben, und obwohl es tausend und mehr Arten von Glück zu geben scheint, gibt es für das Wort »Glück« keine Mehrzahl, und auch das Leben kümmert sich nicht um undialektische Vorstellungen des Menschen vom Glück. Und das Leben zieht seine Bahn, und es ist im Recht, und es ist unvergänglich, und wir sind in seinem Flusse, und alle Dinge, an die wir unser Herz hängen, sind flüchtig, und ihr Wert wandelt sich, und was uns heute beglückt, kann uns weinen machen, ehe der Hahn dreimal krähte.

Großvater und Vater hatten den Sudler in einem Gerichtsprozeß besiegt, und das war bis dahin kaum jemand gelungen. Großvater und Vater lebten freundlich und friedlich nebeneinander, und wir glaubten, dieser Zustand wäre von Bestand, denn wir wußten nicht, welche Konstellationen sich an jener Stelle, die der Mensch Zukunft nennt, zusammenschoben, doch sie stiegen wie Nebel aus dem scheinbaren Nichts, und sie verdichteten sich, und sie wurden uns als Gegenüberstellung der gerichtlich zurückerworbenen Stute mit einer Lokomotive der *Deutschen Reichsbahn* sichtbar.

Großvater und mein jüngerer Bruder fuhren mit dem Planenwagen zur Bahnstation im Glasmacherort. Sie wollten dort Waren für den Kramladen abholen, und Großvater strängte die Stute einseitig ab. Er band die Fahrzügel um die Wagenrunge, und er stellte meinen Bruder als »doppelte Sicherung« neben die Stute. Aber was hilft dem Menschen, was hilft den klügsten Plankommissionen das sorgfältigste Vorausplanen, wenn plötzlich ein unvorhergesehenes X eine Rolle zu spielen beginnt, das man keinem Computer einfüttern kann? Und das X des Großvaters war, daß er die Maschinenseligkeit meines Bruders unterschätzte.

Es fuhr ein Güterzug in die Station, und meinem Bruder gefiel die Lokomotive: denn die Stute sah er alle Tage, aber eine Lokomotive sah er selten. Er »floh von der Fahne«, und er blieb bei der Lokomotive, bis die anfuhr. Er beobachtete den Kolben und das Gestänge, und der Lokomotivführer befreite den Kessel vom Dampfüberdruck. Der Dampf entwich zischend und knallend, und das Knallen und Zischen und der Anfahrtpfiff der Lokomotive waren eine Nervenprobe für die Stute, und sie bestand die Nervenprobe nicht, nein, sie rannte davon, und sie zog den Planenwagen an einem Strang hinter sich her. Sie ließ sich von nichts und von niemand aufhalten, und hundert Meter hinter der Bahnstation war es der ratternde und scheppernde Planenwagen, der das Tier weiter, immer weiter und heimzu dem schützenden Stalle zutrieb. Der einsträngig gezogene Planenwagen schleuderte raumgreifend umher, und er verfing sich mitten in der Heide an einer am Wegsaum stehenden Birke. Der Birkenstamm klemmte sich zwischen das rechte Vorderrad und seine Achse, und die Deichsel schwang durch diesen Anprall derb aus, und sie durchschlug den Oberschenkel der Stute.

Ein Pferd war durchgegangen. Das war nichts Besonderes damals auf dem Dorfe, und die Dorfleute nahmen es hin, wie sie heute einen Autounfall hinnehmen.

Ein Bergmann fand das aufgelaufene Gespann in der Heide, und er benachrichtigte uns, und die Nachricht lautete: »Eire Stute klebt an eine Birke!«

Ich fuhr mit dem Fahrrad in die Heide, sah die geschwollenen Muskeln der Stute und tastete die Bruchstelle ab. Die Stute stöhnte. Ich wartete nicht, bis der Großvater und der Bruder eintrafen, und ich tat wieder etwas, was mir nicht aufgetragen worden war: Ich raste ins Dorf, und ich telefonierte nach dem Roßschlächter. Man ist alleene Manns genug!

Die Stute wurde verladen, und ich sah, durch meine Tränen hindurch, die Tränen in den Augen des Großvaters, aber das waren wohl keine Mitleidstränen; es waren Zorntränen. Großvater war zornig über sich selber, über seine eigene Unzulänglichkeit. War er nicht eh und je der Mann gewesen, der alles gut bedachte? Das war er, wirklich, das war er, aber das hatte auch seine Selbstgerechtigkeit gesteigert, und seine Selbstgerechtigkeit wuchs bis in die Kronen der Eichen, die vor seinem Stubenfenster standen, aber »alle sieben Jahre paßt ein Schuh ...«.

Wieder mußten wir mit der Großmutter um ein Leihpferd in die Nachbarschaft, und wieder wurde es dringend, auf den Pferdemarkt zu fahren, und wieder glaubten wir, wenn das neue Pferd auf dem Hofe sein würde, käme alles in die Reihe und unser Glück würde vollkommen und unverrückbar sein.

# Schneewittchen

Onkel Phile arbeitete in der Kreisstadt, doch er arbeitete nicht gern, und am liebsten arbeitete er gar nicht. Am Wochenende besuchte er uns und die Großeltern auf dem Lande. Seine Handinnenflächen waren feucht, und seine Fingernägel waren abgenagt, und wir reichten ihm unsere Hände nur widerwillig zum Gruß, und wenn wir vor den feucht-nackten Onkelfingern zurückschreckten, lachte Phile wie ein Unterirdischer.

Onkel Phile war gut beschlagen unter der Nase, und unsere Ohren verschlangen, was er flunkerte und schwadronierte, denn wir glaubten noch, das Leben in der Stadt wäre vornehm und kurzweilig, unser Leben auf dem Lande aber gewöhnlich und langweilig.

Es perlten feine Lügen, und es gluckten grobe Halbwahrheiten aus dem Onkelmund, und bei den grobgewebten Geschichten zwinkerten die Erwachsenen einander zu, aber den Onkel fochts nicht an; es genügte ihm, sich in der Bewunderung der Kinder zu baden, und er ging als Held durch seine Geschichten, besiegte seine Gegner in Maulgefechten und verschoß Schimpfworte und Beteuerungen, weil grobe Worte mögliche Wahrheit und etwas wie Taten vortäuschen.

Es gab Wochenenden, da hatte der Onkel seinen Arbeitslohn bereits am Freitag vertan, er erschien mit leeren Taschen vor den Großeltern und mußte Geschichten erfinden. In den Geschichten mußte der arme Onkel überfallen werden, und er wurde oft überfallen, und die Überfälle waren dramatisch:

Was, mördern willst du mir? frag ich.

Mördern, sagt er.

Mir hinterrücks abmurksen, Kindsarsch?

Vorderrücks ists gefährlich, sagt er.

Leg dein Messer ins Gras, sage ich.

Und er legt sein Messer nicht ins Gras, und ich muß auf ihn los, und ich muß mit den Augen rollen wie ein Löwe, und ich muß auf ihn zutrampen und brüllen: Nimm Abschied! Da läßt er das Messer fallen, und weg ist er und mein Geld auch.

»Das Messer, Onkel Phile, zeig uns das Messer!« Der arme Onkel mußte tiefer in den Lügenwald: Das Messer hätte er verscharrt, unauffindbar, mußte er schwindeln, »denn das möcht was geben, wenn der Gendarm einen mit einem Räubermesser betrifft!«

Der Vater und die Bergarbeiter tranken Bier in unserer Küche, und sie lachten Onkel Phile für seine erzählerischen Unfälle aus, doch die Großmutter verteidigte ihren Liebling Phile, und sie sagte spitz: »Er wird's wohl wissen, wenn er dabei war«, und der Vater und die Bergleute lachten über Großmutters Naivität, und Großmutter spuckte vor ihnen aus. Sie nahm Onkel Phile zum Begrüßungsmahl mit nach oben in die Großelternstube, und Onkel Phile aß schnell, und er aß, obwohl er schnell aß, lange.

Das Gezell des Menschen ist von Leidenschaften und Lastern durchwoben, wie das Gewurzel der Bäume vom Myzelgeflecht der Pilze durchwirkt ist, und kein Mensch wird gefragt, wieviel Leidenschaften und Laster er sich wünscht, bevor er ins sichtbare Leben schlüpft, und der eine Mensch schleppt viele Leidenschaften und Laster, und der andere Mensch schleppt nur je eine Leidenschaft und ein Laster, aber die Mitwelt giert zu erfahren, ob einer mit seinen Leidenschaften und Lastern fertig wird, oder ob sie ihn hinwerfen und wieder in die Erde trampeln.

Onkel Phile war bar aller Leidenschaften, doch er buckelte sich mit drei Haupt- und mehreren Nebenlastern ab, und seine Hauptlaster waren das Lesen, das Rauchen und das Kartenspiel.

Wenn nach dem Essen kein Kartenspiel mit dem Vater und dem Großvater oder mit den beiden Großmüttern in Aussicht stand, setzte sich Onkel Phile unter Dampf, und der Zigarettenqualm schien ihm nicht nur aus dem Mund, sondern auch aus den Jackentaschen und Knopflöchern zu quillen. Onkel Phile las, wie er aß, schnell und viel, und er baute sich eine Welt aus Rauch und Buchstaben, und er verschwand darin, und gleichwie das Essen bei ihm nicht anschlug, so schlug ihm auch das Gelesene nicht an: Er nahm zur Kenntnis, ohne an Kenntnis zuzunehmen.

Zuerst las Onkel Phile die aufgestapelten Nummern des *Bergfrieds*. Der *Bergfried* war eine Familienzeitung, und wer sie hielt, der war versichert, und die Hinterbliebenen des Abonnenten sollten einige hundert Mark ausbezahlt bekommen, »falls der Versicherungsträger das Leben mit Abgang durch Tod verlassen sollte«, stand geschrieben.

Nach dem *Bergfried* nahm Onkel Phile *Vobachs Modenzeitung für das deutsche Haus* her und las auch die, und er entfaltete sogar die Schnittmusterbögen, und er las auf den Schnittmusterbögen die Hinweise für die Anfertigung raffiniert geschnittener Plisseeröcke, denn er mußte alles gelesen haben, was sich lesen ließ, und er verpackte den Inhalt der zwei Zeitschriftenstöße unter seiner Schädeldecke, und die Schädeldecke war mit strubbeligen, stets etwas unsauberen Haaren bewachsen.

Dann griff der Onkel auf mehrmals gelesene Bücher zurück, und das waren die beiden Bände *Praktischer Hausarzt in gesunden und kranken Tagen.* Ich habe in meinem Leben kranke Menschen, aber nie einen kranken Tag gesehen, aber die beiden Bände lagen auf der sauberen Wäsche im Vertiko der Mutter, und man nannte sie Hülsen-Bücher, weil ihr Verfasser Doktor von Hülsen hieß. Doktor von Hülsen unterrichtete den Onkel mit farbigen Klappbildern über das Muskel-, Knochen- und Sexualleben des Menschen, und der Onkel studierte vor allem das Innenleben der Frau, und er hatte im Gegensatz zur Mutter nichts dagegen, wenn wir ihm dabei über die Schulter sahen.

Der Mensch bestehe hauptsächlich aus Hohlräumen, erklärte Herr von Hülsen, und die chemischen Bestandteile des Zweibeiners hätten einen Wert von nur sechs Mark und achtzig Pfennig in Goldwährung.

Diese *Wertschätzung* des Menschen als Ergebnis wissenschaftlicher Forschung wurde zur Zungenmaxime meines Onkels, und er hängte sie hie und da seinen Betrachtungen an, und seine Betrachtungen bestanden aus zusammengelesenen populärwissenschaftlichen Informationen: »Die Mode ist ein Zwang, der auf charakterlich labile Leute ausgeübt wird, und die charakterfesten Leute, die sich der Mode nicht fügen, werden lächerlich gemacht, und alles ist das Werk von Geschäftsleuten. Ja, ja, was ist der Mensch? Hohlraum an Hohlraum, Chemiewert sechs Mark und achtzig, wenn man ihn einschmilzt.«

Wir hörten diese Materialrechnung, und uns fror, und wir ahnten nicht, daß von Hülsens wissenschaftliche Menschenbetrachtung einige Jahre später von vertierten Landsleuten mit dem Einschmelzen von Menschen in Wirklichkeit umgesetzt werden sollte, und wir ahnten nicht, daß Wissenschaftler, die nur auf den schmalen Ausschnitt ihres Wissensgebietes starren und im Menschen nur sehen, was Doktor von Hülsen in ihm sah, zu schlimmeren Sündern gegen das Leben werden können als Unwissende.

Nach den *Hülsen-Büchern* las Onkel Phile das Realienbuch, und das war ein Buch, das uns Kinder durch die Dorfschulzeit begleitete, und für interessierte Leser und weil ich es wie die Bibel jeden Tag in die Schule schleppte, sage ich hier etwas über dieses Buch, und die uninteressierten Leser mögen dort weiterlesen, wo ich meine Angaben beschließe:

Das Realienbuch enthielt einen kurzen Abriß der preußisch-brandenburgischen Geschichte und die Geburts-, Herrschafts- und Todesdaten aller unvermeidlichen Könige und Feldherren, und nach diesem Geschichtsaufriß mußte man annehmen, daß die Germanen nur auf dieser Erde erschienen waren, damit sie den Humus für das echte Preußentum abgeben konnten.

Dem Geschichtsabschnitt schloß sich ein Zoologieabschnitt

an, in dem der Igel als ein wichtiges Tier behandelt wurde, wohl, weil wir in der Schulfibel als ersten Buchstaben des Alphabets das I vom Igel lesen lernten, und es folgten einige Angaben über Haustiere, insbesondere über die Kuh als Milchspender und über die Bedeutung des Pferdes als ackerbearbeitendes Tier und als Kriegsroß, und der Zoologieabschnitt schloß mit der Beschreibung des Eichhörnchens, des Affen der preußisch-kurbrandenburgischen Wälder, gewissermaßen als Anschluß an die Weltzoologie.

Der Fläming, der Niederlausitzer Grenzwall und das Glogau-Baruther Urstromtal vereinigten sich im Realienbuch zu etwas Erdkunde, und in der Abteilung Weltkunde erfuhr man, daß die Erde ein Planet, die Sonne ein Fixstern und der Mond ein Nachtleuchter wäre, der sein Licht von der Sonne bezöge.

In der Abteilung Botanik behandelte man, neben der deutschen Eiche, die Kokospalme, die, trotz des Verlustes der Kolonien, immer noch in Deutsch-Südwestafrika wuchs, und wir erfuhren, daß es vor allem das *Palmin* wäre, um das die »bösen Feinde« uns mit dem Versailler Vertrag gebracht hätten, aber man verriet uns auch leichtfertig, daß die Alten Deutschen so gut wie kein Obst gekannt hätten, und daß es ihnen, nachdem die alten Metsäufer sich hätten christianisieren lassen, die Mönche gebracht hätten, woran man die Wichtigkeit der Kirche für die deutsche Obstversorgung erkennen konnte.

Meinem jüngsten Bruder, der die Schule in der Epoche des Zwölfjahrreiches besuchte, wurde jedoch beigebracht, die arischen Germanen hätten weder die welschen Pflaumen noch den römischen Wein nötig gehabt, denn sie hätten längst den Vitaminwert der wilden Waldstachelbeere und der Ribiseln gekannt, und den Weinbau hätten sie in Grüneberg in Schlesien betrieben und in Weißenfels und in Naumburg und in Meißen auch, »ein bißchen sauer zwar, aber gelobt sei, was da hart macht!«.

Und so ließen die lieben Deutschen, die einander so gern

*Kulturdünger* oder *Salz der Erde* nennen, alleweil pseudowissenschaftlich mit sich umspringen, und es wird Zeit, daß sie was lernen nach dem Hü und Hott ihrer Geschichte und daß sie beginnen, Pseudo- und Wissenschaft zu unterscheiden.

Von solcher Art war Onkel Philes Wochenend-Notliteratur, in der Stadt aber las er Detektiv-, Wildwest-, Liebes- und Schwulstgeschichten und auch die Werke von Klassikern, denn wie die Bücher im Strom der Tage auf Phile zutrieben, so fischte er sie heraus und benagte ihre Texte mit seinen flinken Blauaugen.

Und er las beim Essen, und er las auf dem Klosett, und wenn ihn der Weg nach irgendwohin langweilte, las er auch im Gehen, und Goethes *Werther* war für ihn eine Liebesgeschichte mit hinausgezerrtem tödlichem Abgang des Liebhabers, und Manzonis *Verlobte* waren für ihn eine andere Liebesgeschichte, in der der Buchschreiber immer etwas zwischen Verlobung und Heirat kommen ließ, damit er das Buch »vollkriegte«.

Der Wissenschaft, die man Orthographie nennt, ging Onkel Phile, obwohl er täglich mit ihr zu tun hatte, energisch aus dem Wege. Er schrieb nur, wenn er in Not war, hauptsächlich, wenn er Geld geborgt haben wollte. Dann bereitete er meine Mutter schon während der Woche in einem Brief auf seinen Anschlag vor: »Liebes Lehnchen! Das Schicksal hat es gewohlt, mir wieder einmahl mitelos in die Welt sten zu lasen. Ausgeborgt bis auf mein Gemüht, welches mir blieb, von jene, die sich meine Freunde zu nennen belibten und als Strahfe für meine unversiegbare Gutmütlichkeit, trete ich also nackt vor dir hin ...«

Auch in seinen Feldpostbriefen aus dem ersten Weltkrieg an die naive Großmutter waren Onkel Philes Bitten und Forderungen in rührselige Geschichten gekleidet:

»Libe Mutter!!!

Du allein weißt es, wie ich an meine Taschenuhr, Vaters Gabe zum Konfermationsgeschenke, gehangen habe, allein, nun hat mich ein groß Unglück betroffen, und ist mir jene durch die Verirrung eines Granatsplitters in der Westentasche zu Muß geworden, und ich kann mein Got danken, daß der Spliter meine Ur, nicht aber meinem Leibe zu nahe trat. Wenn es dich im Bereiche des möglichen erscheint, so schicke mir umgent einen neuen Zeitmesser, damit ich weiß, welche Stunde es geschlagen hat, wenn ich in das Land hinüber muß, aus dem keiner zurückkehrt ...«

Ach, hätte der Onkel Sitzfleisch gehabt und sich ein wenig mehr um die kapriziöse Dame Orthographie gekümmert! Er hätte eine Art Löschblatt-Literatur aus vorgestanzten Wendungen und Bildern und aus vorgeprägten dramatischen Szenen zustande bringen können, wie jene Schwülstlinge und Journal-Gespielinnen, die in »Morpheus' Armen ruhen«, wenn sie schlafen, denen Berlin, Dresden und Leningrad zu nichtssagend sind, und die deshalb von »Spreeathen«, »Elbflorenz« und der »Newa-Metropole« schreiben. Sie heiraten nicht, sondern »schmieden ihre Ehe«, trinken »Rebensaft« und »edles Naß« bei dieser Gelegenheit und »steuern« nicht auf den Berliner Ausflugsschiffen, sondern mit der »Freizeit-Armada« in den »Honigmond«. Sie machen Angler zu »Petrijüngern« und Reiterinnen zu »Amazonen«, um klassische Bildung vorzutäuschen; sie »gestalten« Siege und Niederlagen, Kinderwagenkissen und Totenkränze, und sie wähnen ihre Beschränktheit »durchgestaltet« zu haben, wenn sie den Zeiß-Laden am Berliner Alexanderplatz das »Mini-Mekka der Fotofreunde« nennen.

Über den Schwulst, der nötig ist, die Sprache in dieser Weise zu verspießern, hätte mein Onkel Phile durchaus verfügt.

Großvater stand den pseudoliterarischen Wendungen des Onkels skeptischer gegenüber: »Die Uhr aus der Westentasche geschossen? Seit wann tragen sie bei den Soldaten Westen?«

»Er wird die Strickjacke meinen, die ich ihm schickte.«

»Was, meine gute Strickjacke?«

»Sie hatte schon ein Loch am Ärmel.«

»Freilich, zwei Ärmellöcher, zweie. Du wirst freilich nicht frieren für mich im Winter.«

Es gab einen Krach, aber eine Ersatzuhr erhielt der Onkel von der Großmutter heimlich doch, womit die Macht auch der schlechtesten Literatur bewiesen wäre.

Verliebt war der Stiefonkel des öfteren, aber zum Heiraten einer »vernünftigen« Frau, wie die Großmutter sich ausdrückte, um damit unfreiwillig zuzugeben, daß der Onkel unvernünftig war, reichte Philes Einkommen nicht, weil er doch seine Arbeitsstellen öfter als seine Taschentücher wechselte, und sobald er an einer Arbeit die Lust verlor, fand er sein »Haar in der Suppe«.

Einmal arbeitete Onkel Phile in einer Tuchfärberei, und er kam mit leichengelbem Gesicht und zitronenfarbenen Händen auf Wochenendbesuch, und wochdrauf kam er um und um blau gefärbt, und wieder eine Woche später erschien er lodengrün in unserer Küche.

Onkel Phile hätte seine verschiedenen Färbungen mit etwas Ausdauer abscheuern können, aber er wusch sich nicht gern, und er liebte es, wie gesagt, wenn wir Kinder ihn bewunderten. Die Großmutter jedoch bejammerte ihn ob seiner ungesunden Arbeit, und dieses Bejammern erleichterte es Phile, die Arbeit in der Färberei aufzugeben, als wir ihn nicht mehr genügend bestaunten, weil wir uns an seine wechselnden Färbungen gewöhnt hatten.

Onkel Phile verdingte sich als Nachtwächter.

»Du wirst gerade was wachen!« sagte der Großvater, der wußte, was wir alle wußten, nämlich, wie furchtsam der Onkel war. Aber Furcht hin, Furcht her, dem Onkel ging's darum, eine Arbeit zu haben, bei der er lesen konnte. Er schloß sich in seiner Wächterbude ein, damit ihn die Tuchdiebe nicht wegschleppen konnten, und er schrieb morgens mit gutem Gewissen in sein Wächterbuch: »Nacht ordnungsgemäß vergangen. Keine Vorkommnisse.« Und es war nichts Gelogenes an diesem Rapport, denn wenn Onkel Phile lesen und dabei rauchen konnte, verlief seine Nacht ordnungsgemäß, und was sich sonst nachts auf dem Fabrikhofe tat, betrachtete der Onkel nicht als seine Sache. Aber die Oberüberwächter, die auf dem Fabrikgelände verteilten Wächtersteckuhren, diese Embryos unserer Computer, die Onkel Phile ignorierte, rächten sich an ihm, und sie verrieten ihn, und sie brachten ihn um seine heimeligen Lesenächte.

In seiner Nachtlesezeit wohnte Onkel Phile als Schlafbursche in der Familie eines Mühlkutschers, dessen mittelalterliches Häuschen am Ende der Friedrichstraße in der Kreisstadt stand, wo die unteren Fensterkanten der einstöckigen Kleinstadthäuser nicht höher als dreißig Zentimeter über dem Straßenprofil lagen.

Ich ging als Dorfschuljunge, sobald ich mich einmal in der Stadt befand, an diesen Häusern entlang, weil ich gern in die Stuben blickte und den Leuten bei ihren Hantierungen zusah und weil ich glaubte, damit am städtischen Leben, das uns als Kindern so erstrebenswert erschien, teilzuhaben, und gar zu gern wäre ich in die eine oder in die andere Stube eingetreten, und manchmal denk ich, mein Wunsch war in dieser Hinsicht so heftig, daß ich später mehr, als mir lieb war, in solchen Stuben aus und ein ging, und nicht nur, als ich Onkel Phile in einer solchen Behausung besuchte, sondern als ich, selber ein Deklassierter, in den Slums deutscher Städte wohnte.

Die Nachbarin jenes Mühlkutschers, bei dem Onkel Phile einwohnte, war eine Plätterin, und sie war in ihrer Jugendzeit, das heißt, sechs oder sieben Jahre bevor ich sie kennenlernte und bevor sie meine Tante Elli wurde, eine Schönheit, eine etwas zigeunerische Schönheit, gewesen.

Ein vornehmer Herr, wie sie stets betonte, hatte sie »im Rausche der Liebe« geschwängert, und er war dann aus einem durchsichtigen Grunde zum Heiraten unabkömmlich gewesen, und zeither lebte meine spätere Tante allein, wartete und wartete auf die Abkömmlichkeit jenes Herrn und sorgte für ihre Tochter, meine spätere Base.

Die große Stube der Tante war nicht nur Wohn-, Schlafstube und Küche, sondern sie war auch die Wasch- und Plättanstalt. Ein Schildchen, auf dem die Buchstaben nach allen Seiten auseinanderzufallen drohten, wies am Hauseingang darauf hin, daß man in der Halbkellerwohnung Herren- und Damenwäsche waschen und plätten, auch Fenstergardinen spannen lassen könne.

Als Onkel Phile die Plätterin kennenlernte, kam er nicht mehr regelmäßig zu uns auf Besuch. Seine leere Geldtasche, die er sich sonst hatte heimlich von meiner Mutter oder der Großmutter anmägern lassen, schien jetzt von anderswoher zu frischem Inhalt zu kommen, und Großvater sagte, um die Großmutter zu ärgern, der Onkel lebe jetzt vom »Durchgebrachten«, aber eines Sonnabends erschien Onkel Phile doch wieder und erzählte, erzählte, und dabei zog er ein Zigarettenetui aus der Jackentasche, das auffällig silbern glänzte. Phile entnahm dem Etui umständlich eine Zigarette Marke *Süße Mädels*, eine der billigsten Zigaretten damals, und brachte zum Anzünden des Tabakröllchens ein blinkendes Feuerzeug aus dem Mulm seiner Rocktasche ans abendliche Sonnlicht.

»Was hast du Blinkendes, Onkel Phile?«

»Hat mir Elli geschenkt.«

»Elli?«

»Meine Braut.«

Unsere Phantasie baute an Onkel Philes Braut: Sie konnte nicht anders als ein schönes Mädchen sein, wenn sie den Onkel mit so silbern blinkenden Dingen beschenkte, eine Märchenbraut, eine Art Schneewittchen.

Später erfuhren wir, daß das Zigarettenetui und das Feuerzeug, die so anregend gegleißt und uns inspiriert hatten, jenem »vornehmen Herrn« zugedacht gewesen waren, der damals verhindert war, an seiner Hochzeit mit der Tante teilzunehmen. Tante Elli hatte auf den »Herrn« gewartet und gewartet, und eines Tages war sie müde geworden, und sie hatte die blinkenden Dinge Onkel Phile übergeben.

Wenn man geradewegs auf die Kreisstadt zuging, hatte man dreizehn Kilometer Weg hinter seine Fersen zu bringen, und eines Tages machte sich unsere Großmutter mit dem Tragekorb voll Lebensmitteln und einem Strauß Sommerblumen auf den Weg dorthin, aber sie lief erst fünf Kilometer bis zur Bahnstation, um sich dann von dort aus auf einem Umwege von fünfunddreißig Kilometern zu Onkel Philes Hochzeit zu ruckeln.

»Das fehlte mir!« sagte Großvater, »wer weiß, welche Henne diesen unausgereiften Hahn aufspringen ließ?«

Die Hochzeit, die Hochzeit, was spielt sie doch für eine Rolle im Leben der Menschen! Wird sie nicht wie die Wiederholung einer Geburt behandelt, einer Geburt, nach der der Mensch mit zwei Köpfen, vier Händen und vier Beinen vor seinen Mitmenschen und im Leben erscheint? Und die Eltern des Hochzeiters rufen das Glück an, und sie rufen das Schicksal an, und das ganz besonders am Hochzeitstage; das Glück oder das Schicksal, sie möchten machen, daß die beiden Köpfe, mit denen der Mensch hinfort einhergehen wird, nicht gegeneinanderarbeiten, daß er sich mit seinen vier Händen nicht selber verprügelt und daß die vier Beine nicht voneinander streben, kurz, daß der zweiteilige Mensch funktioniert, sich zusammenhält und daß die jungen Köpfe und Beine, die ihm mit der Zeit dazuwachsen, an ihm ein gutes Beispiel haben möchten.

Kurze Zeit nach der Hochzeit erschien Onkel Phile mit Tante Elli und seinem angeheirateten Töchterchen zur Vorstellung beim Großvater und bei uns, den lieben Verwandten, und das Schneewittchen unserer Kinderphantasie wurde von der Wirklichkeit beschädigt: Tante Elli war klein und neigte zur Dicklichkeit; ihr Gesicht zeigte schon Kummerkerben, und es war welk von Wasch- und Plättdämpfen. Das schwarze Haar der Tante führte ein eigenwilliges Leben, und es entfloh, soviel die Tante es auch zurückstrich, immer wieder dem Haarknoten. Oder führte die Tante zuwenig Haarnadeln zur Befriedung dieses zigeunerisch-üppigen Haares ins Feld? Jedenfalls waren die Tantenwangen beständig von schwarzen Haarsträhnen umwedelt wie von schwarzen Gluckenflügeln, und auch der Gang der Tante, mit den nach innen gerichteten Füßen, glich dem Gang einer eilenden Henne.

Tante Elli sprach vornehm sprembergisch, und sie sprach gern, und sie kannte sich mit den kleinstädtischen Gepflogenheiten und Sitten aus, und beim Besichtigungsspazieren durch das Dorf ermahnte sie den Onkel, der Steine in den Dorfteich warf und sich an unseren Streichen beteiligte: »Phile, hak mir ein und geh ein bißchen onglich!«

»Onglich« war vornehm sprembergisch ausgesprochen und bedeutete »ordentlich«.

Tante Elli war nicht unbelesen, wie der Volksmund sagt, aber sie fand wenig Zeit zum Lesen, und die Liebesgeschichte, die sich zwischen ihr und unserem altbekannten Onkel Phile abgespielt hatte, erzählte sie so: »Wie das so ist: Man ist allein. Man hat seinen *Fehltritt* gehabt, nicht wahr?« (Wir Kinder sahen unsere sympathische Base, den *Fehltritt*, an.) »Man sucht nach einer Gelegenheit, sich zu entsündigen, und man bittet Gott, nicht wahr? Eines Tages erbarmt sich der Herr, und er schickt uns die Gelegenheit.« (Wir sahen unseren Onkel Phile, den von Gott Gesandten, an.) »Er tat mir so leid, ein Mensch ohne Eltern in der Stadt. Er guckte nachmittags, nachdem er sich vom Nachtdienst ausgeschlafen hatte« (mit dem Nachtdienst waren Onkel Philes Nachtwächter-Lesestunden gemeint!), »sehnsüchtig in mein Fenster hinein, nicht wahr? Es ist Sommer, und es ist warm, ihr wißt, und man hat das Fenster geöffnet, man spricht ein bißchen und sieht einander in die Augen, nicht wahr? Ein Wort gibt das andere, aber nie hätt ich ans Heiraten gedacht, doch eines Abends gab ich ihm die Stulle.«

»Was für eine Stulle, Tante Elli?«

»Das Liebesbrot, wie man so sagt, nicht wahr?«

»Da hat man's!« sagte Großvater, »stand er also wie ein Bettelmannsjunge vorm Fenster, weil er sein Geld verjuxt hatte.«

Tante Elli verteidigte Onkel Phile gegen Großvater. Der Onkel hätte nicht gebettelt. Sie hätte dem Onkel die Stulle mit Hackfleisch und Zwiebeln auch nicht durchs Fenster gereicht, denn sie wüßte doch, was sich gehöre, »nicht wahr?« Sie hätte den Onkel zu sich in die Stube geladen. »Eines ergibt das andere, nicht wahr: Er kam wieder, und mit einem Male war die Liebe da.«

Nun wußten wir, wie sich die Liebe ihren Weg über ein Hackfleischbrot mit Zwiebeln bahnt und den Menschen »in Ketten schlägt«, wie sich Tante Elli auszudrücken beliebte.

So kamen wir unversehens zu einer Tante und zu einer Base in der Stadt, und fortan wurde es von Tante Elli nicht günstig vermerkt, wenn wir bei Mutters alter Freundin, mit der sie in der Tuchfabrik zusammengearbeitet hatte, in der Kreisstadt abstiegen und nicht bei unseren Verwandten, wie es sich für einen »onglichen Menschen« gehörte, »nicht wahr?«

Wir Kinder unterschieden zwischen Onkeln und Tanten, die uns seit »immer« gehörten, und jenen, die auf uns stießen, als wir schon fix im Leben umherschwammen, denn bei ihrem *Dazukommen* schien der Zufall obwaltet zu haben. Onkel Phile hätte ja auch ein Mädchen aus unserem Dorfe, eines, das ihm der Großvater besorgt hätte, heiraten können.

Wir säten im Herbst den Roggen, und wir pflanzten im Frühling die Kartoffeln; wir ernteten den Roggen im Sommer, und wir ernteten die Kartoffeln im Herbst, und es standen Jahr um Jahr Kornpuppen auf unseren Feldern, und es standen gefüllte Säcke im Herbst neben den Kartoffelfeuern – auch das – Jahr um Jahr.

Und wenn die Wiesen zum zweiten Male geheut waren, weideten wir die Kuh und ihr jährliches Kalb auf ihnen, und all das langweilte uns nicht, weil es das Leben war, das uns in seinen sich wiederholenden Verwandlungen entgegentrat.

Aber die Dorfschule mit ihrem sich fünf Jahre hintereinander wiederholenden Lehrstoff langweilte uns, weil es sich nicht um Leben, sondern um Abstraktionen vom Leben handelte, und weil es Ekel beim Menschen heraufbeschwört, wenn man ihn immer wieder mit den gleichen Abstraktionen zu füttern versucht. Ich wollte und wollte in die Stadtschule, wollte, obwohl mir das nicht bewußt war, mit neuen Abstraktionen konfrontiert und zu eigenen Gedanken angeregt werden, und ich bat und bettelte um die Erlaubnis, und endlich gaben meine Eltern nach, und ich wurde zu einer von Mutters Kolleginnen aus der Fabrikzeit in Pension gegeben. Mutters alte Kumpanin und ihr Mann waren das Hausmeisterehepaar der Städtischen Mädchenschule, und sie wohnten im Keller dieses Instituts, und mein Bett wurde im Schlafzimmer der Pensionseltern aufgeschlagen.

Tante Elli war beleidigt: »Dachtet ihr, daß jene Kellerwohnung höher als unsere Stube liegt? Es wäre onglicher gewesen, den Jungen bei Verwandten unterzubringen, nicht wahr?«

Richtig, richtig, aber meine Eltern wollten nicht, daß auch ich noch in der Stube von Onkel Phile und Tante Elli hauste, und um die Tante zu versöhnen, machte ich von Zeit zu Zeit Besuche bei meinen Verwandten, vor allem, weil mich das Leben in der Wasch- und Plättanstalt am Ende der Friedrichstraße erregte und reizte, denn zur festen Kundschaft meiner Tante gehörten die Mädchen gewisser Etablissements, und es gab drei Etablissements in der Stadt, und mit der Wäsche dieser Damen gab sich die Tante besondere Mühe, weil sie sauberer sein mußte als die Unterwäsche der Schlafburschen und der »möblierten Herrn«.

Die Freudenmädchen zahlten gut, und sie sahen, wie man sagt, nicht auf den Groschen, und der Kleinbürger sagt mit gerümpfter Nase: »Wie gewonnen, so zerronnen«, und ich wünschte ihnen damals, daß ihnen die Nasen gerümpft stehenblieben, und wenn ichs recht bedenke, wünsch ichs ihnen heute noch.

Auch ich erhielt meinen Groschen Naschgeld von den Freudenmädchen, wenn ich zufällig bei der Tante war, deshalb besuchte ich sie häufiger und häufiger, damit ich dort war, wenn die Freudenmädchen ihre Wäsche abholten, und auf diese Weise lernte ich alle »zugänglichen« Damen der Stadt kennen, und sie kannten mich, und wenn der Onkel sie um Zigaretten oder um Bier anbettelte, so schickten sie mich nach Wein zum Spirituosenhändler Bombel, denn mit Bier wollten sie nichts zu tun haben, und später wurde ich für das Weinholen abgelohnt.

Ich lernte die neuen Freudenmädchen, die zum Monatsanfang in die Stadt kamen, kennen, und ich kannte die, die länger blieben, und ich wußte dies und das von ihren Qualitäten, denn von diesen Qualitäten hing es ab, ob sie länger als einen Monat in ihren Etablissements engagiert blieben, und ich grüßte die, die länger blieben, und ich grüßte die, die neu angekommen waren, wenn ich sie auf der Straße traf, und ich nahm keine Rücksicht auf die Vorurteile und die entsetzten Gesichter meiner Mitschüler. Es geschah sogar oft, daß mich die Mädchen auf der Straße umarmten und daß sie mir die Wangen streichelten und mich abküßten und daß sie mich zu *Windbeuteln mit Schlagsahne* ins Café einluden, und all das war aufregend, und die Freudenmädchen bereiteten mir viel Kopfzerbrechen.

Die Tante dozierte gern, und sie hatte in mir einen lernbegierigen Schüler; wirklich, es schien eine Lehrerin an meiner Tante verlorengegangen zu sein. Aber das Leben läßt nichts aus den Augen, was es sich vornahm, und was ihm mit der einen Generation nicht gelingt, das gelingt ihm mit der nächsten. Vielleicht besteht unsere Freiheit, die wir mit dem Menschsein erhalten, darin, daß wir unsere geistige Entwicklung, denn nur sie zählt, aufs Ganze gesehen, ein wenig zu beschleunigen vermögen. Die Tochter meiner Tante, also meine Base, wurde jedenfalls in unserer Zeit der vielen Möglichkeiten das, was ihre Mutter nicht wurde, eine befähigte Lehrerin.

Das unbezogene Ende des Plättbrettes war um und um versengt, und es hatte hellbraune, dunkelbraune und holzkohlenschwarze Flecke, die von der Häufigkeit und der Länge der Nebenarbeiten zeugten, die meine Tante neben dem Plätten ausführte, denn an diesem Ende des Plättbrettes lag das eiserne Gestell, das die Bolzenplätte aufnahm, wenn sich die Tante vom Plättbrett entfernte. Neben diesem Gestell stand stets eine Tasse von der Größe eines kleinen Nachttopfes, die moorwasserschwarzen Bohnenkaffee enthielt, der mit einer Prise Salz versetzt war.

Die Großmutter hielt der Tante das »schöne Geld« vor, das für »schwarze Lurke«, so nannte Großmutter den Bohnenkaffee, »verplempert« wurde, und die Tante rechtfertigte sich: »Das verstehst du, Mutter, nicht!«, und sie wies zum arbeitsscheuen, lesenden Onkel am Fenster hinüber, »der eine raucht und liest, um sich ein bißchen von der Erde zu heben, und ein anderes trinkt eben Kaffee, nicht wahr?«

»Was müßt ihr euch denn von der Erde wegheben?« fragte die Großmutter. »Das würde sich mir nicht wollen. Da möchte mir schön schwindelig werden«, und sie spuckte wie stets, wenn ihr etwas nicht gefiel, nach allen Seiten aus.

Die Tante erklärte mir die einzelnen Teile des Unterzeugs jener Damen, die zu ihrer Hauptkundschaft gehörten: »Also, das ist ein Korsett, und es ist nur noch bei Damen in Mode, die es nötig haben, ihren Bauch zurückzudrängen, nicht wahr? Und das hier ist ein Korselett, und es ist modern, aber das hier sind nun Höschen, weißt du ja wohl, und hier hinwiederum sind Schlüpfer, das Modernste vom Modernen.«

Sodann führte mir die Tante verschiedene Büstenhaltermodelle und deren diskrete Polsterungen vor und erläuterte: »Am besten, man hat das alles nicht nötig, nicht wahr?« Sie sah an ihrem flachen Schürzenlatz hinunter, und sie trank einen Hieb Kaffee aus dem großen Topf, und sie stöhnte nach dem Trinken genüßlich auf und begann zu singen:

Ach, laß mich einmal schmusen
An deinem Busen.
Da fing sie an zu weinen:
Ich habe keinen.
Und was ich gestern hatte,
Das war von Watte.
Da fing sie an zu schreien:
Kannst du verzeihen?

Auch der Gesang der Tante war dem Schnarren einer wohlgelaunten Henne ähnlich, und sie trippelte am Plättbrett auf und ab, die arme Tante, und es hüpfte ein Kaffeefleck auf das gestärkte Chemisett, das sie unter der Plätte hatte. Sie lief in ihren schlappenden Tuchpantoffeln vom Plättbrett zum Waschfaß, das – stets mit blaugrauer Lauge gefüllt – am Stubenofen stand.

Die Tante versuchte den Kaffeefleck aus dem Chemisett herauszuwaschen, und sie wusch und rieb eine Weile, und sie schlappte mit dem Chemisett zum Fenster, und sie kontrollierte dort, ob der Fleck schon gewichen war, und sie kniff dabei die Augen zusammen, denn sie war kurzsichtig, und schließlich holte sie mich zu Hilfe, und wenn ich entschied: »Es mag gehen!«, nahm sie das Vorhemd des »möblierten Herrn« wieder unter die Plätte und trank wieder einen Hieb Kaffee und vergaß das Chemisett und eilte zum Herd und stach mit einer Gabel in die kochenden Kartoffeln im Ofenröhr. Sie überprüfte den Glühgrad eines Plättbolzens, der im Feuerloch des Stubenofens steckte, und sie überlegte: »Was wollte ich doch gleich?«, und sie entsann sich des Chemisetts, und sie rannte zum Plättbrett und sah den Sengfleck vom Plätteisen auf dem Vorhemd, und sie riß das Eisen herunter, und sie schlug die Hände über dem Kopf zusammen, und sie strich sich die Haarsträhnen, die schwarzen Gluckenflügel, aus dem Gesicht, nahm wieder einen Hieb aus der Kaffeetasse, und sie steckte das Vorhemd ins Feuerloch.

Ersatz für so ein in Verlust geratenes Chemisett war stets vorhanden, denn es gab genug liegengebliebene Wäsche von *möblierten Herren* oder von Schlafburschen, die über Nacht weitergereist waren und keine Zeit mehr gefunden hatten, sich nach ihren Siebensachen umzusehen.

Onkel Phile, der gerade wieder einmal krankfeierte, saß ungerührt am Fenster und nahm an der Verbrennung des Chemisetts keinen Anteil. Er saß neben der Kommode, rauchte und las und befand sich in anderen Welten. Wenn es im Leseheft aufregend zuging, hielt er sich den Zeigefinger mit dem bis zum Mond abgefressenen Stümpfchen Nagel gekrümmt unter das linke Nasenloch und sog aufgeregt die Luft ein und schnorchelte, und dieses Schnorcheln wiederholte sich in Abständen von etwa einer halben Minute, und es dauerte an, solange die Spannung, die dem Lesestoff des Onkels innewohnte, ausreichte. Und wenn die Geschichte in einem Zwanzigpfennigheft nicht zur Zufriedenheit von Onkel Phile auslief, so warf er es gegen die Wand, oder der in Buchstaben gegossene Detektiv und die Bankräuber klatschten gegen eine Herde Fliegen, die auf dem eingerahmten Großfoto von Tante Elli hockten, das sie noch vor dem *Fehltritt* zeigte. Das Heft fiel herab, fiel auf den Nähmaschinentisch und dort auf einen Stoß gewaschener Gardinen, und auch die zerquetschten Fliegen fielen vom verglasten Bild, fielen als schwarze Samenkörner künftiger Unannehmlichkeiten auf die weiße *Fertigware*.

Onkel Phile blätterte sogleich ein neues Leseheft an, stieß Tabakrauch aus und verschwand in der blauen Wolke, wie dennmals die Pythia, die Kartenlegerin von Delphi, im Rauch brennender Flechten aus den griechischen Bergen verschwand.

Zu jener Zeit geschah in der benachbarten Kreisstadt Cottbus etwas, was die theoretischen Grausamkeiten aus den Leseheften von Onkel Phile übertraf: Ein Mädchen, eine Lyzeumsschülerin, war verschwunden, und es blieb verschwunden, und die Kriminalpolizei forschte und forschte und kam nur sehr allmählich zu einem Ergebnis: Der Hausmeister des Lyzeums hatte das Mädchen »unsittlich berührt«, wie die Stadtanzeiger beider Städte schonend, aber schwulstvoll mitteilten, und er hatte nach der »unsittlichen Berührung« Gewissensbisse bekommen und hatte das Mädchen erdrosselt und die Mädchenleiche in Stücke geschnitten und sie in der Heizanlage der Schule verbrannt.

Die Einwohner beider Städte und Landkreise erschauerten: Ein wohlgelittener städtischer Kleinbeamter war zur Bestie geworden, war ins Tierreich zurückgefallen. Wem konnte man noch trauen? Welche Bevölkerungsschicht konnte man noch, ohne enttäuscht zu werden, zu den Menschen rechnen? Was, wenn plötzlich alle kleinen städtischen Beamten bestialische Züge entwickeln und sich auf friedliche Menschenkinder stürzen würden?

In der deutschnationalen Zeitung, die sich *Der Stahlhelm* betitelte, wurde die Tatsache, daß der Hausmeister der Sozialdemokratischen Partei angehörte, zum billigen Anlaß genommen, die Leser vor der »roten Gefahr« zu warnen, die der Lehre Darwins huldige, der Irrlehre, daß der Mensch vom Affen, also von wilden Tieren, abstamme, und man nahm bei den *Stahlhelmern* die Gelegenheit wahr, alle politisch links eingestellten Bürger zu beschimpfen und zu diskreditieren. In der sozialdemokratischen *Volksstimme* hinwiederum reduzierte man die Bestialität des Hausmeisters auf Furcht vor der Zahlung eventueller Alimente, die sich ein schlecht bezahlter Hausmeister nicht hätte leisten können, und man ließ die Abhandlung des Mordfalles in der Forderung gipfeln, die Stadtverwaltungen sollten den städtischen Unterbeamten gefälligst höhere Gehälter zahlen, bitte.

Meine Pensionsmutter, die Hausmeistersfrau der Mädchenschule, weinte und greinte, und sie rief ihren Mann an, der Georg hieß, den sie aber, kreisstädtisch vornehm, Georig rief: »Georig, wenn du mir mit einem Schulmädchen betrügen würdest, ich wüßte nicht, was ich täte …«

Mein Pensionsvater wischte sich mit seinem karierten Taschentuch den Schweiß von der Glatze und sagte: »Ach Quatsch!«

Auch in der Plättstube meiner Tante wurde der Lustmord eingehend besprochen. Der Onkel hatte soeben eine Arbeit als Lagerist bei einem Lebensmittelhändler aufgegeben, weil er dort zwischen Kaffeesäcken und Käsekisten weder lesen noch rauchen durfte, und nun saß er daheim, und die Tante hatte ihn mit einem Eimer Wasser vor den mit Hunderten von spitzen Nägeln gespickten Gardinenspannrahmen gestellt, damit er dort die Gardinen von Zeit zu Zeit mit Wasser besprenge.

Die Tante plättete und trank Schluck bei Schluck aus ihrer großen Kaffeetasse, was für meinen Onkel, den Gardinenwächter, allemal das Signal war, sich eine Zigarette anzubrennen. Die Tante aber plauderte mit mir, dem gelehrigen Neffen, über den Lustmord. »Er hat das Mädchen gebraucht, du weißt, wie das ist, nicht wahr?«

Ich nickte, als ob ich wer weiß welche Erfahrungen im Vergewaltigen von Mädchen hätte aufweisen können.

»Er hat sie gebraucht, und dann packte ihn die Angst, und diese verdüsterte sein Gemüt, und dann hat er sie eben, nicht wahr? ... Du weißt doch, wie so etwas ist!«

Mein Onkel, der Spezialist für theoretische Raub- und Lustmorde, mischte sich ein; denn das war nach seiner Meinung kein Fall für Kleinstadtkriminalisten, kein Fall für Stümper, das war eine Sache für seinen Serien-Detektiv Harald Harst aus »Scooootland Yard«, wie er sagte, weil noch immer nicht ermittelt worden war, womit jener Hausmeister das arme Mädchen im Heizungsraum erdrosselt hatte. Für meinen Onkel Phile, der sich selber für einen von Scotland Yard hielt, war das klar: »Mit ihre eigene Zöppe hat er sie erwürgt. Nichts leichter als das! Was ist der Mensch? Schleim, Hornhaut und Wasser, Hohlraum an Hohlraum – Chemiewert sechs achtzig ...« Onkel Phile legte den gekrümmten Zeigefinger an das linke Nasenloch und schnorchelte, denn hier war Spannung ohne Lesestoff für ihn entstanden, doch die Tante betrachtete ihn kritisch, trank einen großen Schluck von ihrem »Moorwasser« und sagte: »Du spreng mal jetzt die Gardinen, Herr Scooootland Yard, nicht wahr!«

Meine Gedanken wanderten vom Mordfall zu einem sprachlichen Rätsel, denn sprachliche Belange beschäftigten mich, meiner halbsorbischen Herkunft wegen, von Kind an. Hier nun interessierte mich die Doppelbedeutung des Satzes: »Er hat sie gebraucht.« Man brauchte einen Menschen, wenn man in Not war, wußte ich, aber hier verlieh dieses Tätigkeitswort durch die Vorsilbe »ge« dem Satzobjekt Werkzeugcharakter, in diesem Falle den Charakter eines Werkzeugs, das man benutzt und dann fortgeworfen hatte. Ferner fiel mir auf, daß dieses geschlechtliche Gebrauchen nur Männern angelastet wurde und niemals den Frauen. Sollte es nicht auch Frauen geben, die Männer gebrauchten? Wie war das zum Beispiel mit meiner Tante Elli? Sie war älter (ich weiß nicht mehr, um wie viele Jahre) als mein Onkel Phile, und sie war nicht die Schönste mehr, und sie durfte nicht hoffen, daß ein Mann sie mit ihrem *Fehltritt*, den sie immer wieder erwähnte, aus ihrer Wohn-, Koch-, Plätt- und Waschstube herausholen würde, und sie war hinwiederum nicht alt genug, um auf die Liebe ganz und gar verzichten zu können. Hatte sie da nicht, in ihrer Not, den halb verkommenen Onkel Phile mit dem Hackfleischbrot zu sich in die Spinnenhöhle gelockt, um ihn zu gebrauchen?

Vielleicht war es so, aber Tante Elli gebrauchte Onkel Phile nicht wie ein Werkzeug, und wenn, dann pflegte sie dieses Werkzeug, pflegte es im Hinblick auf ihre Nächte, die sonst liebelos, einsam und voller Sehnsucht verronnen wären; denn während sie dem Onkel den Tag lang kein Wort glaubte, während sie tagsüber all seine Handlungen kritisch verfolgte, ihn zurechtwies und ihn zu erziehen versuchte, glaubte sie ihm in der Nacht eine Stunde lang seine Koseworte, all seine Liebeserklärungen, und je pseudoliterarischer sie aus dem fast zahnlosen Munde des Onkels glückerten, um so glaubhafter erschienen sie der Tante.

Onkel Phile und Tante Elli zeugten zwei Kinder. Der Junge wurde nur ein halbes Jahr alt, doch in den Erzählungen der Tante blieb er am Leben: »Ein Kerlchen wie Sahne und Honig, kann ich nur sagen, und was für hübsche Händchen, nicht wahr?« Das Mädchen blieb am Leben, und es wurde ein lustiges Mädchen, und wenn du wissen willst, wie ein Kanarienvogel pfeift, so macht meine Base es dir vor, und wenn du dich drüber belustigen willst, wie dieser Großsprecher oder jener Tolpatsch im Dorf redet oder geht, so kann sie es dir vorführen. Und wenn du wissen willst, ob sie noch lebt, so sage ich: »Ja, sie lebt noch«, und wenn du mich fragst, wo sie wohnt, so verrate ichs dir nicht, denn ihr Mann ist eifersüchtig. Zwei Kinder ließ die Tante zur Welt kommen, obwohl sie nicht damit rechnen konnte, daß der Onkel je eins würde ernähren können, zwei Kinder ließ die Tante als Zeugen ihrer glücklichen Nachtstunden zur Welt kommen.

Vor dem Arbeitsamt der Kleinstadt marschierte wöchentlich ein Bataillon Männer auf, in deren Handinnenflächen sich die Hornhaut löste, Arbeitslose, die in der Schlange standen und auf jenen Stempel warteten, mit dem ihnen ihr unverschuldetes Nichtstun amtlich bestätigt wurde.

Es mutete wie ein Wunder an, daß mein Onkel in dieser Zeit Arbeit als Austräger von Zeitungen und Zeitschriften erhielt, aber der Grund war der: Es wäre für die Tante ehrenrührig gewesen, ihren Mann als Arbeitslosen in der Schlange der Wartenden stehen zu wissen, und sie, die Besitzerin einer Wasch- und Plättanstalt, verpflichtete sich, für eine ordnungsgemäße Abwicklung der dem Onkel übertragenen Botengeschäfte Sorge zu tragen, sie machte sich, wie man sagt, kautionspflichtig.

Das Zeitungsaustragen bereitete Onkel Phile Vergnügen. Er kam in viele Häuser, und er sah dies und das, und er erfuhr, in welchen Häusern seines Austrägerbereiches »der Haussegen schiefhing«, und er prahlte damit, und er bekam außerdem zu wissen, welche Frauen sich Liebhaber hielten und die Zeit, in der der Mann in der Fabrik und die Kinder in der Schule waren, angenehm verbrachten, und das alles kitzelte die Neugier des Onkels, und er machte hier und er machte dort einen Schwatz und gab dabei seine angelesenen Weisheiten als Sentenzen zum besten, und manche Zeitungsabonnenten hielten ihn für »einen Mann von Bildung«, dem man nicht »an der Wiege gesungen« hätte, daß er einmal Zeitungsausträger werden würde, und der Onkel hatte nichts dagegen, und er tat nichts dagegen, wenn man ihn für das Opfer eines tückischen Schicksals hielt, und er steckte die Zigaretten ein, die man ihm zum Troste gab, und in den Gastwirtschaften, die Onkel Phile mit Zeitungen versorgte, gab es da oder dort einen *Schnitt* aus dem Tropfenauffangglas unter dem Bierhahn, und wenn ein freigebiger Immersäufer vor dem Tresen stand, erhielt der Onkel wohl auch einen *Cottbuser Korn* aus einer Flasche, in die dem Gastwirt der Korken hineingerutscht war, und all das steigerte Onkel Philes Frohlaune und seine Lust am Leben, und in alldem sah Onkel Phile die Bestätigung, daß er hier auf Erden benötigt wurde und daß er ein wohlgelittener Mensch wäre.

Aber Onkel Phile wäre nicht Onkel Phile gewesen, wenn er nicht versucht hätte, seine Lebensgenüsse zu steigern, denn so anspruchslos er in bezug auf seine Kleidung und seine Körperpflege war, so anspruchsvoll war er in bezug auf das, was er für Lebensgenüsse hielt.

Und der Onkel fand auch als Zeitungsausträger eine Möglichkeit, während der Arbeitszeit zu seinem Rauch- und Lesegenuß zu kommen: Er setzte sich mit der gefüllten Zeitungstasche am Vormittag hinter den Hecken des Kaiser-Wilhelm-Platzes, denn den hatte die Kreisstadt trotz Ebert noch, auf eine Bank, und er las erst einmal selber, was er der Kundschaft auszuhändigen gedachte, denn es ging wider Onkel Philes Natur, die neuesten Mordfälle nicht aus erster Hand zu erfahren, und diese *erste Hand* hieß *Berliner Morgenpost*, und nach der *Morgenpost* war die Sonne gestiegen, und es wurde für Onkel Phile richtig gemütlich auf der Parkbank, und er las andere Erzeugnisse des Ullstein-Verlages: *Die Koralle*, Monatsschrift für Natur und Technik. Onkel Phile las sie bis zum letzten Inserat, das da hieß: »Weshalb lernen Sie nicht Jiu-Jitsu, die Kunst der japanischen Selbstverteidigung? Der stärkste Gegner ein Opfer Ihrer Handkanten! Härten Sie sich nach den Anweisungen unseres original japanischen Lehrers Hukeiti Takajoto!«

Sodann las Onkel Phile die Halbmonatsschrift für Kinder *Der heitere Fridolin.* Die Stiefmütterchen dufteten aus den Blumenrabatten, und die Amseln knispelten in den Fliedersträuchern, und manchmal setzte eine Nachtigall im Baumschatten zu ihrer Strophe an. Onkel Phile hatte es gut. Er befand sich in angehobener Stimmung, und er rauchte, und er las. Wenn zufällig einer seiner Zeitungskunden den vormittäglichen Wilhelmsplatz passierte, so händigte ihm Onkel Phile die Zeitung aus, doch wenn es ein Schankwirt war, händigte ihm Onkel Phile die Zeitung nicht aus, denn es hätte sein können, daß er sich in diesem Falle mit der formlosen Zustellung um ein Schnittglas Tropfbier oder um einen Freischnaps gebracht hätte.

Manchmal wurde es Frühabend, bis Onkel Phile alle Bezieher in den Besitz der *Morgenpost* gebracht hatte, und damit nahm er Zukunftsverhältnisse vorweg, die erst im Jahre 1970 auf einigen Dörfern unserer Republik erreicht wurden.

Die Schatten hatten sich schon gelängt, und Onkel Phile nahm seine Umhängetasche, die er eigentlich abliefern mußte, mit nach Hause. Die Agentur hatte bereits geschlossen, was wollt ihr? Und es zeigte sich, daß auch das Nachhausenehmen der Tasche für Onkel Phile ein Genußzuwachs war, eine Gabe Gottes, der Phile sehr zu lieben schien, weil der Onkel sein Leben wie die Vögel unter dem Himmel und wie die Lilien auf dem Felde verbrachte. In der Tasche (wer hätte das gedacht!) befand sich ausreichend Lesestoff für Onkel Philes Spätabendstunden: die *Gelben Ullsteinbücher*, das Stück für eine Mark: Karl zu Eulenburg, *Die Schicksalslosen*, Vicki Baum, *Menschen im Hotel*, das Erstlingswerk einer typewriterin, die ihren Weg machte. Bücher mit so schneidigen Titeln verkürzten die Abende des Onkels angenehm, doch wenn ihr Inhalt, und besonders ihr Schluß, dem Onkel nicht zusagte, so flogen auch sie, ohne Ansehen ihrer Herkunft, gegen die Stubenwand und bezogen Schrammen und Fliegenflecke, die ihre Verkaufschancen natürlich verminderten.

Von seinem Zeitungsträgerlohn brachte Onkel Phile selten etwas nach Hause, wenn man die Spaßmacherlarven, die er für die ganze Familie zur Fastnacht einkaufte, nicht rechnete, und wenn man von dem Hornhauthobel für die Füße absieht, den ihm ein Ausschreier auf dem Jahrmarkte aufgeschwatzt hatte, auch wenn man von dem Stockschirm nicht redet, den sich Onkel Phile für Herbstregenzeiten angeschafft hatte, die er in diesem Berufe nicht erlebte, denn mit der Zeit schlichen sich weitere Unregelmäßigkeiten in seinem Berufe als Zeitungsverkäufer heran, oder Onkel Phile, der, wie jeder Mensch, ein Kraftzentrum darstellte, zog diese Unregelmäßigkeiten auf sich, oder es geschah beides, dies und das, wie wir einräumen müssen, wenn wir ehrliche Dialektiker sind.

Und es geschah, daß Onkel Phile häufig und häufiger heiterer als der *Heitere Fridolin*, angeschnapst oder angebiert und aus Nas- und Ohrlöchern qualmend, nach Hause kam und dann möglichst sofort mit der Tante ins Bett wollte. Da war's für die glücklose, geplagte Tante so schwer, nein zu sagen, denn sie sah es ja: nicht nur sie hatte den kindlichen Onkel so gern, auch die Gastwirte waren von ihm bezaubert, und sie hatten dieses bärtige Kind wieder mit Freibier traktiert.

Aber die Freigebigkeit der Gastwirte existierte nur in den Erzählungen meines Onkels. Seine erhöhte Beschwingtheit und den potenzierten Liebesdrang verdankte er dem in Bier und Schnäpsen eingeborenen Alkohol, den er mit kassierten Zeitungsgeldern erworben hatte; denn zu des Onkels Obliegenheiten als Zeitungsbote gehörte leider, leider auch das Kassieren der Monatsabonnements.

Die Summe der von Phile infolge *höherer Gewalt* noch nicht einkassierten Zeitungsgelder wuchs an, und es begann in der Agentur aufzufallen, daß auf der Austrägertour des Onkels so viele Zeitungsabonnenten nicht anzutreffen waren.

Eines Tages wurde die Tante in einem »eingeschriebenen Brief« zur Agentur gebeten, und der Quell von Onkel Philes guter Laune und Glückseligkeit wurde verstopft, aber auch die Tante wurde um jene Frühabendfreude gebracht, die einzige, die sie außer dem Kaffee noch hatte. »Nein, ich glaube trotzdem an echte Zuneigung bei ihm, nicht wahr?« erklärte die Tante auf der Agentur, und sie erklärte sich außerdem bereit, das Kassieren der Monatsabonnements zu übernehmen, und sie verpflichtete sich, dafür zu sorgen, daß das Schuldkonto des Onkels getilgt würde.

Das Interesse meines Onkels am Zeitungsaustragen verglühte, und alle Strafpredigten der Tante, auch die der zu Hilfe geholten Großmutter, nutzten nichts, denn der Onkel verlegte sich aufs Kranksein. Das war stets sein Ausweg, wenn man ihn zwingen wollte, eine Tätigkeit länger auszuüben, als er Spaß an ihr hatte. Nun waren es wieder Philes Hände, die nicht wollten, wie sie sollten, und Onkel Phile zeigte sie jedem, der sie sehen wollte: »Seht die Gichtknoten, wie kleine Billardbälle, was?«

Konnte Phile mit solchen Händen für seine Taten garantieren? War es ein Wunder, daß diese Hände etwas so Dünnes wie eine Zeitung nicht von zwei oder drei Exemplaren dieser Gattung unterscheiden konnten?

Der Onkel hatte bei vielen seiner Kunden mehr Zeitungen in die Briefkästen gestopft, als die bestellt hatten und sich wünschten, um das lästige Zeitungsaustragen schneller beenden zu können, denn das Herumziehen mit der Zeitungstasche verdarb ihm die guten Lesevormittage. Mochten die Abonnenten die Zeitungen doch untereinander verteilen und sich einigen!

Die Finger des Onkels wiesen tatsächlich so etwas wie Gichtknoten auf, aber niemand wußte recht, ob diese Knoten neu oder schon Jahre alt waren. Der Onkel wollte sich die Gicht jedenfalls bei seiner Arbeit in der Tuchfärberei geholt haben, und es schien eine Gicht zu sein, die sich nach den Bedürfnissen des Onkels richtete, die sich zum vom Onkel gewünschten Zeitpunkt verschlimmerte und den armen Phile, sobald er es nötig hatte, zum erbarmungswürdigen Krüppel machte.

Die Tante wurde vom Mitleid gepackt, und sie stellte ihr Leben von einem Tag auf den anderen um, und sie hängte sich morgens in der Agentur die Zeitungstasche über die Schulter und rannte wie eine flüchtende Zwerghenne durch die Straßen und treppauf, treppab durch die Häuser. Ich traf sie zuweilen, wenn sie über die Lange Brücke eilte, oder ich traf sie in der Nähe des Postamtes, an dem ich auf meinem Schulwege vorüber mußte. Die bereits angegrauten Glucken-flügel, jene ungehorsamen Haarsträhnen, hingen der Tante bis auf die Schultern, und ihre nach innen gerichteten Füße wurden beim Dahineilen uneins und ließen das gehetzte Weiblein stolpern. »Ach Gott, der Phile«, rief sie mir zu, und ihr Atem ging pfeifend, »der Phile, weißt du, die Zeitungen hat er nicht onglich ausgetragen, nicht wahr?«

Ich schimpfte auf Onkel Phile, benutzte die Ausdrücke, mit denen Großvater ihn belegte: »Satansbraten«, »Schweinehund«, aber Tante Elli verteidigte Phile sofort: »Nein, jetzt hat er die Gicht, alles, was recht ist, nicht wahr?« Und die Tante rannte schon weiter, in der Furcht, daß ihr die Kinder zusammen mit dem Onkel während ihrer Abwesenheit die Stube kopfstellten.

Der Onkel saß also als Kinderwärter daheim, und die Kinder störten ihn beim Lesen am wenigsten, wenn er sie recht lange im Bett hielt und wenn er ihnen das Plätteisen, das Nudelholz, gesteifte Männerkragen und eine Gardine ins Bett reichte, damit sie *Hochzeit* spielen konnten.

Aber schließlich rückte der Hunger gegen die Kinder vor, und sie drohten das Bett mit Bräutigamskragen und Schleier zu verlassen, und sofern sich in der Wohnung ein paar Mark Geld befanden, die die Tante bei ihrer Zerstreutheit vergessen hatte, in den Brustbeutel zu stecken, nahm Onkel Phile sie und trug sie um Windbeutel mit Schlagsahne und Frankfurter Kranz zum Konditor, und er machte mit den Kindern *Fettlebe* und sprach sich selber zu: »Was hat man sonst vom Leben, he? Was ist der Mensch überhaupt? Schleim, Hornhaut und Wasser ...«

Im Ofenröhr verkochte indes das Wasser im Kartoffeltopf, und die Pellkartoffeln, die ein Mittagbrot werden sollten, sengten vor sich hin und verkohlten mit der Zeit. Onkel Phile schälte die Kartoffeln niemals. Kartoffelschälen zehrte an seiner Lesezeit, und es brachte die Kinder, erklärte er, um die wertvollen Kartoffelvitamine, die unter der Schale saßen.

Die Tante erledigte ihre Wasch- und Plättarbeit jetzt abends und nachts, und sie trank literweise schwarzen, gesalzten Kaffee dazu, und der Onkel lag im Bett und las und schnorchelte, und wenn er ein Buch ausgelesen hatte, girrte er die Tante an wie ein verliebter Meerschweinchenbock, und die Tante konnte nicht widerstehen, nein, da widerstand sie nicht, und sie legte sich zu Onkel Phile ... und sie stand, wenn er eingeschlafen war, wieder auf, wusch und plättete die halbe Nacht und legte die gestärkte und geplättete Ware in Bündeln auf dem Plättbrett zurecht und bezettelte die Bündel: »Für das Fräulein aus dem *Weißen Roß*« oder »Für den Herrn, der über Stoppras wohnt«.

Der Onkel war Warenausgeber im Geschäft seiner Ehefrau, und wenn ihm beim Lesen und Kinderverwahren die *Süßen Mädels* ausgegangen waren, so nahm er Feinschnitt-Tabak her, umhüllte ihn mit den Zetteln von den Wäschepäckchen der Kundschaft und drehte sich Ersatzzigaretten, und wenn die Kunden kamen, ihre Wäsche abzuholen, verwechselte Phile die Wäschestöße, und die Kunden wurden mißlaunig und blieben aus.

Um diese Zeit geschah es, daß die Tante sich beim Zeitungsaustragen an einem morschen Treppengeländer, an dem sie sich festhielt, um nicht über die eigenen Füße in die Tiefe zu stürzen, einen Holzsplitter in die rechte Hand trieb. Sie zog den Splitter daheim mit der Scherenspitze aus dem Handteil unter dem Daumen, den man die Maus nennt, und sie achtete nicht auf die Wunde und hantierte am Abend in der bakterienstarrenden graublauen Waschlauge, die den Wäscheschmutz von mindestens fünfundzwanzig Kunden enthielt, und sie zog sich eine Sepsis zu, eine Blutvergiftung.

Sie rannte am nächsten Morgen trotzdem mit Zeitungen straßauf, straßab, treppauf, treppab, und sie konnte den rechten Arm schon nicht mehr benutzen, und sie verteilte die Zeitungen linkshändig, und sie rannte nach Hause und wusch und plättete mit der linken Hand. Erst am Spätabend legte sie sich zu Bett, und sie verlor die Besinnung, und sie starb neben dem Onkel, der in seinem kindlichen Glauben an seine Unwiderstehlichkeit annahm, die Tante wäre seiner verliebten Blicke wegen ins Bett gekommen.

Der Sarg der Tante stand dort in der Stube, wo sonst die beiden Stühle gestanden hatten, die das Plättbrett auf ihren Lehnen trugen. Die Falten im Tantengesicht waren – wohl durch die Blutvergiftung – verschwunden, die Leichenwäscherin hatte die ewig herunterhängenden Haarsträhnen gebändigt, und die Zwerghennenfüße waren vom Leichenlaken bedeckt. Die Wangen der Tante schimmerten ein wenig rosa, und wie dieser Farbton zustande kam, das wußte nur der Tod, der der Tante, verkleidet als störrischer Holzsplitter, in einem Treppenhause aufgelauert hatte. Und plötzlich sahen wir es, die Schwester und ich: Schneewittchen – die Tante, wie wir sie uns vorgestellt hatten, als wir erste Kunde von ihr aus dem Munde des Onkels erhielten.

An diesem Tage las der Onkel nicht. Er verhielt sich so, wie er es viele, viele Male gelesen haben mochte: Er trauerte, wie sich's gehörte – pseudoliterarisch, und für jeden Beileidsbesucher, der die Stube betrat, schlug er die zu Fäusten geballten nagellosen Finger gegen seine Brust und dann gegen die Stirn, und er heulte auf wie ein verlassener Hund, aber auch dieses Aufheulen war so unecht, wie ich es viele Jahre später bei den Klageweibern am Rande von Tbilissi hörte, und nach den Klageschreien, die er in Fünfergruppen aus der Kehle ließ, schnorchelte Phile wie sonst beim Verzehr spannender Lektüre, und nach dem Schnorcheln kniete er nieder, küßte der Tante die vergiftete Hand, die Stirn, erhob sich, zog eine Packung *Süße Mädels* aus der Jackentasche, öffnete sie, rauchte sich eine Zigarette an und sorgte auf seine Weise für Totenweihrauch, während ich auf den Standardsatz wartete: Was ist der Mensch ..., aber der Onkel schien an diesem Tage den Satz vergessen zu haben, ein Zeichen, daß die Trauer wohl doch eine Störung in seinen Hirnzellen ausgelöst hatte, und das war tröstlich nach alldem, was man hatte mit ansehen müssen.

Die Tante aber sah, ein winziges Lächeln in den Mundwinkeln, mit geschlossenen Augen über uns alle hinweg, über die Großmutter, über mich, über den rauchenden Mann, den sie gebraucht hatte, und wenn zu weiter nichts als zu dem Tod, den sie starb.

# Die blaue Nachtigall

Es geschah, als ich mich aus den Armen einer Geliebten löste, daß ich eine blaue Nachtigall fliegen sah, und ich konnte die blaue Nachtigall nicht vergessen, und ich konnte sie den ganzen Tag nicht vergessen, und mir fiel ein, was man mir über die Nachtigall beigebracht hatte, und danach war sie ein Tier, ein Insektenfresser aus der Gattung der Sperlingsvögel, ein Eierleger, der mit dem Säuger Mensch nichts zu tun hatte.

Aber je länger ich über die Nachtigall nachdachte, desto fragwürdiger und oberflächiger wurde mir, was ich über sie gelernt hatte, und sie erschien mir wie ein singendes Gewächs aus dem Luftraum, und mir schien, daß es von alters her Beziehungen zwischen Kreatur und Kreatur gäbe, die noch ungeklärt sind, weil wir nur das klären, was uns nützlich erscheint.

Aber Unnützlichkeit ist ein Synonym für Unwissenheit. Bis man entdeckte, daß sich aus Lehm Gefäße fertigen ließen, war er nur eine Art gelbkleberiger, gehbehindernder Erde, und der Seetang erschien uns als eine unnütze Verunreinigung des Meerwassers, bis wir ahnten, daß sich einmal die Menschheit würde von ihm ernähren müssen.

Verdankt nicht mancher den Anstoß für den Einschlupf in sein Leben dem Gesang einer Nachtigall? Wenn ich vom Leben rede, so meine ich jenen Zustand, in dem wir einander sichtbar sind, und denkt ihr nun nicht, daß ich Spiritist oder geistergläubig sei, wenn ich sage, daß es ein unsichtbares Leben gibt, denkt an Atome!

Nach den romantisierenden Erzählungen meiner Mutter hat eine Nachtigall in den Buchsbaumhecken am Georgenberg den Anstoß gegeben, daß ich in der Dachkammer eines Kleinstadthauses, hart hinter dem kleinen Fluß, gezeugt wurde.

Diese unzureichende Antwort gebe ich auf die Frage, was eine Nachtigall ist, und ich wünschte, daß es mir besser gelänge zu beantworten, weshalb sie blau war, jene Nachtigall, die da aufflog, als ich mich gestern nacht aus der Umarmung einer Geliebten löste.

Meine Kindheit verbrachte ich auf der Sandheide, und es gab dort die Nachtigall nicht, doch ich ertappe mich bei einer Ungenauigkeit, wenn ich sage: »nicht«, weil sich dieses »nicht« auf ein kurzes Menschenleben bezieht; denn als die Braunkohle, die wir aus dem Heidesand gruben, noch ein Schachtelhalmdickicht war, hat es dort Tiger und Bären gegeben, und weshalb sollte es dazumalen oder später nicht auch Nachtigallen auf der Heide gegeben haben? Ich schreib also, um genau zu sein: Als *mein* kleines Leben in dieser Heide begann, gab es die Nachtigall dort nur einen Frühling lang, und man hörte sie aus den Wacholdern hinter dem Friedhofshügel singen, und sie sang dort nachts, wenn diese Wacholderbüsche sich darin gefallen, Geistermenschen und Riesen vorzutäuschen.

Die Nachtigall war also um jene Zeit eine Fremde, eine Zugereiste in dem Landstrich, den ich meine Heimat nenne, und sie war dort ein Vogel von wer weiß woher, und die alten Kossäten hatten den Gesang dieses Vogels nie gehört, und wieder heißt das: jene Kossäten, die in jenem Frühling dort lebten, die an ihrem Leben die Zeit und die Welt maßen, denn jede Menschengeneration, die diesen Planeten gerade bevölkert, hält sich für *die*, um die sich der ganze Weltenraum dreht. Der Erdenmensch ist »die Krone der Schöpfung«, hieß es bislang, aber wenn Wissenschaftler und Weltraumfahrer demnächst erfahren werden, daß der Erdenmensch keine *Krone* ist, so werden wir ihnen vielleicht sagen: Also, daß wir von affenähnlichen Tieren abstammen, haben wir euch allmählich abgenommen, aber wenn ihr nun schon wieder höherstehende Affen entdeckt haben wollt als uns Menschen, dann schert euch zu ihnen, marsch, marsch!

Die alten Kossäten traten nachts in die Vorgärten, um ihr

Wasser mit einigem Nutzen für die Obstbäume abzuschlagen, und sie hörten die Nachtigall singen, und sie fürchteten sich. Was war das für ein Vogel, der vor Übermut zur Nacht auf dem Friedhof sang, der den Toten die Ruhe nahm, der vielleicht mit seinem Gesang die Lebenden auf den Hof der Toten lockte?

Die Maiabende waren kühl, und der Wind wehte aus den schlesischen Birkenwäldern herüber, und man hörte die Signale der Fördertürme. Man vernahm die Laute der Lebendbegrabenen, die da unter der Erde die Kohlenadern der Heide auskratzten, und es verging viel Zeit von Signal zu Signal, und es lag viel Raum zwischen dem Verschwinden des leeren und dem Auftauchen des gefüllten Kohlenwagens, und dazwischen konnte man das Kichern der schüchternen Quellen am Mühlenberg und die tief hergeholten Töne der Nachtigall hören.

Ich war ein Junge, und ich war zwölf Jahre alt, aber als ich den Gesang des zugereisten Vogels hörte, fühlte ich, als ob mir's aus dem Weltenraum zugeweht worden wäre, was die Liebe ist; nicht die Liebe zur Mutter, nicht die zu den Brüdern, sondern jene Liebe, die etwas mit jeder Zelle des Körpers zu tun hat, denn ich näherte mich dem Zustand, den man mit dem Begriff *Pubertät* abtut. Aber was sind wissenschaftliche Begriffe in solchen Fällen? Wir sagen: »Instinkt«, und wir sagen: »Komplex«, wir sagen: »Sexualität«, und wir bilden uns ein, damit alles erklärt zu haben, und wir sind so selbstsicher dabei wie die Kartenspieler, wenn sie behaupten, ein As zähle elf Augen.

Der Lehrer fragte uns, ob wir den Sprosser gehört hätten.

»Jenen Vogel, der in der Nacht singt?«

»Jenen Vogel!«

»Ja, wir hörten ihn, es war die Nachtigall.«

»Nein, es war nicht die Nachtigall, es war der Sprosser; übrigens hast du dich nachts herumgetrieben, wenn du ihn gehört hast!«

Der Lehrer erklärte uns, weshalb es nicht die Nachtigall,

sondern der Sprosser war, den wir nachts gehört hatten, und die Erklärung war umständlich, und sie war unsicher, und nur abgefeimte Vogelkenner vermochten bei gut Glück den Unterschied von Nachtigall und Sprosser am Gesang zu erkennen. Der Lehrer erklärte, der Sprosser wäre vielleicht ein zu groß gewordener Familienangehöriger der Nachtigallen, und man nenne ihn deshalb auch die nordische Nachtigall, und alles wäre wissenschaftlich verbürgt, aber nicht ganz geklärt.

Aber ob Nachtigall ob Sprosser, ich spürte schon damals, daß nicht wichtig ist, wie etwas benamst wird, sondern ob es mit seinem Dasein große Gefühle in einem auslöst, die einem leben helfen.

Die Zeit verging, und das ist wieder ungenau, denn wir vergehen, und unser Heranwachsen ist der Anfang unseres Vergehens. Ich sage das nicht aus Trauer, nicht aus Wehmut, nicht aus Weltschmerz, nicht aus Lebensmüdigkeit. Ich sage es mit einer mir langsam zuwachsenden Neugier auf das, was kommen wird.

Ich war Handwerksgeselle geworden, und ich trug meinen Gesellenbrief in der Tasche, und der war mir weniger ein Ausweis dafür, daß ich bestimmte Griffe des Bäckerhandwerks beherrschte, als ein Paß, der mir erlaubte, ungestraft Zigaretten zu rauchen, Bier zu trinken und Liebschaften zu beginnen.

Ich wanderte nicht mehr, »ein Sträußchen am Hute, den Stab in der Hand …«, um nach Arbeit anzuklopfen, sondern ich fuhr, und ich benutzte die in einem Wasserkessel zu Dampfdruck und die in einem Stahlzylinder zu Radumdrehungen verwandelte Kohle aus unserer Heide, um mich zu den Meistern ziehen zu lassen.

Im Gepäckwagen hinter der Lokomotive reiste in einem verschließbaren Korb aus geschälten Weidenruten mein Oberbett. In dem Inserat in der Bäckerzeitung, auf das ich mich meldete, hatte man gefordert, daß ich mein »Oberbett« mitzubringen hätte. Hat man je einen Vogel, eine Nachtigall zum Beispiel, gesehen, der sein Nest mit sich schleppt, hat man je einen Affen gesehen, der seine Laubhütte umherträgt? Nein, das blieb dem Bäckergesellen vorbehalten, einer Spezies des vernunftbegabten Menschen, einem Edelstein aus der Krone der Schöpfung, und den Muscheln und sonstigen Niedertieren, und man darf gespannt sein, wie die Wesen, die im Weltraum zu entdecken uns bevorsteht, es in dieser Hinsicht halten.

Fast wäre der Schnellzug ohne mich an Bord in die Ferne gefahren. Die Ferne, die Ferne ... für meinen Großvater war sie der Nachbarkreis, und für mich war sie Halbsachsen, das heißt, ich vertauschte eine Landschaft, in der man das Personalpronomen »mich« mied wie eine Kränzchenschwester ein Kraftwort, mit einer Landschaft, in der das Personalpronomen »mir« gemieden wurde wie ein Fluch unter Frömmlern.

Ich sprang auf den anfahrenden Schnellzug wie ein Gepard auf einen zur Flucht ansetzenden Bison, und ich fuhr ins Leben hinaus, wie es heißt, als ob ich vorher nicht gelebt hätte, und als ob alle, die ich zurückließ, außerhalb des Lebens gestanden hätten.

Die Situation war filmgerecht, und der junge Mann, der mich in den fahrenden Schnellzug hineinzog, in jene Wohnung für Stunden, war ein Barbiergeselle, einer, der das Leben schon abschmeckte. Er verließ eine Lebensstelle, verließ unsere Kreisstadt, und er reiste in eine »größere Stadt« zu einem »besseren Meister«, und er nannte sich nicht Barbier, und er nannte sich nicht Friseur, er nannte sich Bubikopfschneider, und er war ein begehrter Mann, und er stand hoch in Ansehen bei den Frauen, die ihr Langhaar, damals noch mit Skrupeln, vor ihn auf den Hackklotz legten. Er war eine Art milderer Scharfrichter, ein Sex-Appeal-Schaffender, ein schöpferischer Haarvernichter, und er trug selber einen Bubikopf, und sein Bubikopf war künstlich gewellt, und der Bubikopfträger war vielleicht ein Mittelmensch, nicht Mann, nicht Weib – ein Bubikopfschneider.

Er trug einen safrangelben Ledermantel, und der war aus vielen Trinkgeldern von Damen zusammengesetzt, die der

Mittelmensch modernisiert hatte. Der Ledermantel des Bubikopfschneiders erschien mir als das Eleganteste, was die Welt zu bieten hatte, und er wurde für mich zu einem langen, langen Traum, und wer mich heute mit einer safrangelben Lederjacke umhergehen sieht, der halte mir zugute, daß sich die Hinwendung zu einem solchen Kleidungsstück in jenem Augenblick vollzog, da ich auf den Schnellzug sprang, um mich von der Heimat abtreiben zu lassen, in die ich fortan nur noch als Gast zurückkehrte.

Es gab keine Musik bei meiner Landung auf dem Kleinstadtbahnhof in der »Fremde«, und es gab keinen roten Läufer bis zur Kutsche, die mich zum Präsidenten zu bringen hatte, und es wird diesen weichen Läufer niemals in meinem Leben geben, weil mir zum Diplomaten mehr fehlt als der Frack.

Ich war in einem Badeort gelandet – oder war ich gestrandet? Es war ein Eisenmoorbad, und man heilte dort die Kranken mit Moorschlamm, den wir daheim *Dreck* nannten, und da die Damen und die Herren nach solchen Schmutzkuren genasen und umhertollten, dachte ich nicht mehr ganz so abfällig von dem *klugen Mann* daheim im Lande der Sorben, denn dieser *kluge Mann* hatte Krankheiten mit Kuhmist geheilt.

Der Meister war freundlich zu mir, und das hatte seine Gründe, und es stellte sich später heraus, welche Gründe. Die Meisterin war nicht daheim, und auch das hatte seine Gründe, sie war zur Kur. Jawohl, sie war zur Kur in einem anderen Badeort, denn am Platze kannte sie die Ärzte, und die Ärzte kannten sie, und ihre Krankheit war nicht so beschaffen, daß sie im heimischen Badeort, gewissermaßen am heimischen Herd, repariert werden konnte.

Ich wurde also Lebensrätseln gegenübergestellt, aber für mich war damals vieles rätselhaft, und jeder Mensch war für mich eine Einmaligkeit und ein Rätsel. Später stumpften mich verschiedene Lebensereignisse ab, und ich fand alles weniger rätselhaft, und ich glaubte eine Weile, alle Menschen wären gleich, aber heute will mir scheinen, als ob ich in der Jugend mehr recht gehabt hätte und als ob ich, mit einigen Säcken voll Lebenskenntnis ausgerüstet, in die Gefilde der Naivität zurückkehren müßte. *Naivität?* – Muß ich erklären, was das ist, nachdem wir uns bereits über die Willkür und die Relativität der von Menschen geprägten Begriffe einigten?

Im Meisterhaushalt gab es eine sogenannte Haustochter, eine Art Haushaltsschülerin, und die mußte unter dem Kommando der Meisterin von früh bis spät schuften, und die Eltern der Haustochter zahlten den Leuten, die ihre Tochter schuften ließen, monatlich eine Geldsumme, und mit der Geldsumme bezahlten sie den Titel »Haustochter«, weil sie es nicht hätten ertragen können, wenn man ihre Tochter *Dienstmädchen* genannt hätte, nein, lieber lieferten die Erzeuger einer solchen *Haustochter* noch ein Taschengeld überdrauf, damit die Haustochter ihre Kleider und ihr Unterzeug in Ordnung halten konnte.

In der Zeit, da die Meisterin auswärts kurte, war dem Meister die Ausbildung der Haustochter übertragen, und der Meister verabsäumte nicht, die Tochter des Hauses zu einer Zierde des Mittelstandes auszubilden.

Der Meister, der Lehrling, die Haustochter, das Tellermädchen, die Zugeherfrau, Hausknecht Läppchen und ich – wir hatten eine Bäckerei, eine Konditorei, ein Ladengeschäft, ein Kaffeehaus und eine Ziegenlandwirtschaft zu bewalten, und der Meister holte alles an Arbeitskraft aus uns heraus, was er kriegen konnte, und er tat es nicht schlechter und nicht besser als alle anderen Handwerksmeister des Städtchens, unter denen es als ehrenwert galt, alles aus ihren Leuten herauszuholen, was sie kriegen konnten, und einer, der es nicht getan hätte, wäre von ihnen für unfähig gehalten worden, einen Handwerksbetrieb zu leiten, und wer will, ohne geistige Not, für unfähig gehalten werden?

Mein künstlerisches Gewissen beginnt sich zu regen: Ist das, was ich hier erzähle, wichtig für den Existenznachweis meiner blauen Nachtigall? Oder ists gar nicht mein Gewissen, sind's die bekannten Fragen von bekannten Nützlichkeitsaposteln, die ich im Ohr habe, die Fragen jener besorgten Leute, die Auskunft von mir verlangen, weshalb ich wertvolles Papier, sozusagen reine Devisen, unnütz bekritzele? Was Unnützlichkeit ist, habe ich am Beispiel des Lehms und des Seetangs nachgewiesen, und so darf ich, glaube ich, unangefochten weiter nach der blauen Nachtigall fahnden. Wo wird sie sich hernehmen?

Morgens um vier Uhr stand ich auf, bereitete in der Backstube die Teige vor und schickte den Lehrling den Meister wecken. Wir arbeiteten gemeinsam bis gegen sieben Uhr, und der Meister legte sich wieder schlafen, aber der Lehrling und ich schleppten, was wir produziert hatten, in Kiepen in die Stadt und verteilten es in den Häusern.

Dann arbeiteten wir weiter, arbeiteten über den Mittag hinaus und bis in den Spätnachmittag hinein. Wir fertigten aus pulverisierten Getreidekörnern, Wasser, Salzprisen und jacher Ofenhitze eßbare Gegenstände an, denen nicht mehr anzumerken war, daß sie aus pulverisiertem Getreide, Wasser, Salzprisen und jacher Ofenhitze gemacht waren. Wir färbten Butter rosarot und veilchenblau, blättergrün und steinpilzbraun und formten Frösche, Schwäne, Pilze, Rosen und Ornamente aus der gefärbten Butter und ließen sie auf die Menschen des kleinen Städtchens los, auf Gesunde und Kranke, und die Menschen standen unserer Kunst so aufgeschlossen gegenüber, daß sie die von uns gefertigten Gebilde einfach auffraßen, unsere Rosen zum Beispiel, die wir mit angehaltenem Atem gespritzt, in die wir unseren Feinsinn gelegt und durch die wir unserem Hang zur Schönheit Ausdruck verliehen hatten.

Am Frühabend verwandelte ich mich, und aus dem mehlverstaubten, teigverkleisterten, schokoladebeschmierten Bäcker und Konditor wurde ein geschniegelter Kellner: Ich trug eine dunkle Hose, in der ich jede Kirche hätte betreten dürfen, und ich trug eine weiße Jacke, mit der man mich in jede Sekte aufgenommen hätte, und ich band mir einen

Schleifenschlips unter den Adamsapfel und dressierte meine Haarwellen, an die heute nicht einmal mehr Falten auf meiner Glatze erinnern. Ich spielte zwei verschiedene Rollen, denn ich sah die menschlichen Berufe wie Theaterrollen. Es machte mir Spaß, eine Anzahl von Rollen zu erlernen, und wenn ich sie beherrschte und wenn ich sie eine Weile gespielt hatte, reizten sie mich nicht mehr, und sie wurden mir langweilig, und wenn mich eine Berufsrolle zu langweilen begann, suchte ich nach einer neuen, bis ich den Beruf fand, in dem ich alle Rollen spielen durfte.

Ich bediente also die Gäste im Café und durfte zehn Prozent Aufschlag für Arbeit, Bedientenumsicht und Lauffleiß kassieren, und ich fühlte mich wie ein Artist, der den Tag lang im Stall gearbeitet hatte und der abends im Scheinwerferlicht einem hochverehrlichen Publikum die Tiere (in meinem Falle Frösche und Schwäne aus Buttercreme) vorzuführen hatte und der anschließend mit einem Teller umhergehen und sich sein Trinkgeld kassieren durfte.

Schon in meinen ersten Kellnertagen gewahrte ich, wie Zeit und Schaum miteinander korrespondierten: Je energischer der Zeiger der elektrischen Ladenuhr, die dem Schokoladenschrank als Krone eingearbeitet war, auf die Mitternachtsstunde vorrückte, desto eifriger sorgte der Chef und Meister für die Höhe der Schaumkronen auf den Bieren, die ich servierte.

Bis ein Uhr nachts hatte ich Gäste zu bedienen, und es gab solche, die auch dann noch nicht gehen wollten. Sie hatten getrunken und waren fröhlich, andere wurden ausfällig oder traurig, je, was der Alkohol von ihnen verlangte, und es war eigentlich ihre Privatsache, aber sie wollten auch nach ein Uhr morgens noch nicht gehn, lieber noch eins mit dem Kellner trinken, aber nicht gehn.

Endlich, wenn der letzte Gast gegangen war, räumte ich die Tische ab, und manchmal verweilte auf einem Sessel oder in einer Sofanische noch ein wenig Duft von einer Dame, und er hing da selbstverständlich und dicht wie ein seidenes

Tuch im runzelig gewordenen Tabakrauch, und er gaukelte mir ein kleines Versprechen vor, und er erregte mich trotz meiner Müdigkeit.

Ich lieferte die Geldsumme ab, die die Kellnerkasse, die Großmutter des Computers, addiert hatte, und was in meinen Taschen zurückblieb, wenn ich die Summe aufgezählt hatte, das war mein Wechselgeld, waren meine Prozente, und das war mein Trinkgeld. Weshalb eigentlich Trinkgeld, Trinkgeld und niemals Eß- oder Schlafgeld?

Oh, was war ich müde! Und damals glaubte ich, wer nie von früh um vier in einer Backstube und abends und in der Nacht als Kellner arbeitete und wer das nicht an fünf von sieben Wochentagen tat, könnte ermessen, wie müde ich war, aber ich täuschte mich, und ich werde darauf zurückkommen.

Solange abends die Apparate in beiden Kinos der Stadt schnurrten, war der Geschäftsgang träge, und es saßen nur wenige Gäste im Café, zum Beispiel der Sohn eines Gutsbesitzers, und der war Weltkriegsleutnant gewesen, und er machte keinen Hehl draus, daß er auf den nächsten Krieg wartete. Der Weltkriegsleutnant lehnte »Lichtspiele« ab. »Was sind das für Menschen, Kellner«, fragte er, »die über Bilder auf einem rollenden Zelluloidstreifen lachen oder weinen?« Ich wußte es nicht.

»Es sind Menschen, die nicht richtig verpackt sind, kriegsuntaugliches Gelichter.«

Andere Gäste, die zur Zeit der Geschäftsträge im Café saßen, waren Liebespaare; ein durchreisender Kaufmann und eine frauenleidende Badedame zum Beispiel, die sich wie zwei Schmetterlinge auf einer besonnten Margeritenblüte trafen und die Fühler nacheinander ausstreckten; und wenn zwei oder drei Liebespaare im Café saßen, so hatte ich eine besonders ruhige Stunde, weil auch die Liebespaare eine ruhige Stunde benötigten. Es war, als ob solche Paare bei ihrer Zweimannliebe eine Art allgemeiner Menschenliebe mitproduzierten und als ob diese Abfalliebe auf mich überginge. Bis zum Freitag meiner ersten Kellnerwoche hatte ich eine Methode gefunden, nach der ich ein wenig schlafen konnte, wenn Filmgegner und Liebespaare das Café bevölkerten: Ich hakte das Anhängerband der Kellnerjacke in der Küche am Garderobenrechen fest, an dem die Zugeherin und das Tellermädchen ihre Tücher hängen hatten, ja, ich hängte mich in der zugeknöpften Jacke dazu, hängte mich neben den Wischtüchern auf, und diese Methode ließ nicht zu, daß ich umfiel, wenn ich einschlief, und ich schlief sofort ein, und ich schlief fest ein, und manchmal gewahrte ich vor dem Einschlafen, wie meine Knie einknickten, aber ich konnte nicht umfallen, weil ich hing.

Der Nachteil dieser Methode war, daß ich, wenn plötzlich »Kellner« oder »Ober« gerufen wurde, oder wenn mir das mitleidige Tellermädchen einen Schubs gab, weil ich den Ruf der Gäste nicht gehört hatte, nicht frei verfügbar war, weil ich am Garderobenrechen hing, und daß ich den Aufhänger meiner Jacke zerriß, und daß mir das zusätzliche Näharbeit verschaffte, die von der Schlafzeit abging. Für mich war das allemal eine Wiedergeburt: Ich mußte meine Rolle erst wiederfinden, und ich hatte vergessen, wo im Weltraum ich eigentlich hing.

Später ersetzte ich die leinenen Jackenaufhänger durch solche aus feinem, allerdings etwas graufarbenem Chromleder, doch das war in der Zeit, als die Meisterin schon aus der Kur gekommen war, und sie hatte etwas gegen diese Art von Jackenaufhängern, weil sie sich nach einer kleinen Schlaftour nicht wieder in den Jackenkragen hineinlegten, sondern eigenwillig wie Aufhänger von Räucherwürsten aufrecht standen, und so mußte ich die Methode, meinen fehlenden Nachtschlaf sozusagen in Pfennigbeträgen einzukassieren, aufgeben, weil die Meisterin nicht nur etwas gegen meine chromledernen Jackenaufhänger, sondern auch etwas gegen mich hatte, wie sich herausstellte, und was ihr an mir nicht gefiel, das war mein Blick, aber an meinem Blick war ich schuldlos, denn ich hatte ihn nicht gemacht, mein Vater und meine Mutter hatten ihn mir gemacht, und sie waren wohl auch nur blind handelnde Blickvermittler, wenn sie mich und meinen Blick sozusagen auf den Wink einer Nachtigall hin anfertigten.

Seid nicht ungeduldig, wenn ich meine Schlafgewohnheiten hier vor euch ausbreite; aber sie gehören zur Geschichte, denn von meinem Schlaf hing das Erscheinen der blauen Nachtigall ab, und ich schwör, daß ich das Nützlichkeitsprinzip der Kunst nicht verlasse.

Es wurde Sonnabend, und es wurde Sonnabend in einer Zeit, da ich mich an den Namen der Wochentage durchs Leben hangelte, und ich schätzte den Sonnabend damals so wie heute eine Frühherbstreise in den Kaukasus.

Die Badegäste des Ortes waren Rheumatiker, unterleibskranke oder unausgefüllte Frauen, erlebnishungrige, gutsituierte Handwerker und Gattinnen von mittelbestallten Beamten. Am Sonnabend trafen sich die Kurgäste im Festsaal des Kurhauses, und diese Wiedervereinigung (sie hatten sich am Freitag zum letzten Male gesehen) nannten sie Reunion, und das hörte sich fast so nett an wie heute »mai hoobi«, und um diesen gesellschaftlichen Höhepunkt der Kurwoche nicht zu stören, schlossen wir sonnabends unser Café. Der Meister sagte: »Gehn auch mir auf die *Reunion*! Ich werde Sie dort einführen«, und wir gingen dorthin. Ich wunderte mich, daß der Meister, der die Mittel hatte, wochüber soviel Mehl und Bier und all die Buttercreme- und Agar-Agar-Fruchttorten und uns, seine gemieteten Leute, in Bewegung zu setzen und in Vertretung Gottes, der eigentlich für unsere Ernährung zuständig war, zu versorgen, mit einem mittellosen, von Trinkgeld und Dienerprozenten abhängigen Handwerksgesellen zur Reunion ging, aber er hatte seine Gründe.

Ich vergaß, daß ich mich ausschlafen wollte, daß ich mich ausschlafen mußte; denn der Meister lud mich ein, und ich vergaß den Schlaf.

Auf den Tischen im Kurhaus ging es sehr weiß zu, und vom Musikpodium blinkte es verchromt; man hatte sie soeben neu entdeckt, jene blecherne Lure, die ein gewisser Herr Sax unnützerweise (da haben wir's wieder!) erfunden hatte, denn als er sie erfand, war ihre Zeit noch nicht gekommen, aber jetzt schien ihre Zeit gekommen zu sein, und sie blinkte von allen Bühnen und Musikpodien, und sie fand eine Weile später sogar Aufnahme in den konservativsten und barbarischsten Musikbanden der Welt, den Militärkapellen, denn sie hatte nicht das ordinäre Bedürfnis, mit einem Bein auf der Erde zu stehen wie ein Cello zum Beispiel; sie war wendig, vielverwendungsfähig, ließ mit sich umspringen und war glänzend beim Marschieren zu benutzen.

Ich trug eine kurze Jacke, die dort aufhörte, wo mein Gesäß begann, und die Jacke war schwarz, weil Schwarz Feierlichkeit ausdrückt, was ich nie in meinem Leben begriff und begreifen werde, weil meine sorbischen Mütter sich in weiße Tücher hüllten, wenn sie ernst und feierlich erscheinen wollten.

Das Gesäß und die dürren, ein wenig vom Mehlsackschleppen angekrümmten Bäckerbeine steckten in einer Hose, deren Beinlinge sich über den schwarzen Halbschuhen glockenförmig verbreiterten und so lang waren, daß ich wie eine fußlose Marionette auf dem Parkett stand.

Allen meinen Altersgenossen, die heute die Nasen rümpfen, wenn junge Leute in ähnlich geschnittenen Hosen durch die Straßen steppen, sei das ins Gedächtnis gerufen!

Ich tanzte Charleston wie eine Vogelscheuche im Wind, und auch daran erinnere ich meine gleichaltrigen Genossen mit Augenzwinkern, denn auch wir unterwarfen uns Moden, die vom Westwind ins Land geweht wurden, aber damals waren wir machtlos – und jetzt? Weshalb machen wir keine Moden? Gekrauste Stirnen, erhobene Zeigefinger und der Typ des gnatz-deutschen Oberlehrers haben keine Chancen, Jugendmode zu werden, und damit die Lehrergewerkschaft nicht erzwingen muß, daß diese Geschichte nicht gedruckt wird: Es gibt auch gute Oberlehrer.

Ich tanzte Charleston mit der Haustochter, und als ich dabei einen Blick auf das Meistergesicht warf, fand ich etwas, was man in Gesichtern von Mitmenschen findet, denen ein Zug oder ein Schiff vor der Nase wegfuhr, und ich tanzte fortan nicht mehr mit der Haustochter, von der ich nicht mehr weiß, wie sie hieß, von der ich aber erinnere, daß sie klein und blond und aus Wismar war und klangvoll mecklenburgisch sprach. Im übrigen lullten mich sächsische und halbsächsische Laute ein, und sie erschienen mir damals wie Taubengurren, und die Stimmen von Berliner Kurgästen, die zu hören waren, klangen wie Spechtgeklopf. »Det, det, det, det«, und wenn ich selber sprach, so hörte es sich an wie die Verlautbarungen einer Dohle, die sich zwischen Tauben und Spechten in den Frühlingswald verirrt hatte.

Der Meister spendierte Wein, und das war der teuerste Wein des Hauses, denn der Meister war verpflichtet, »Zeche zu machen«, um seine angezweifelte Zahlungskräftigkeit zu beweisen. Am Montag besuchten dann »die Herrschaften« von der Kurverwaltung unser Café und »fanden sich ab«, und sie tranken bei uns Sekt, und ihre Damen verschlangen Fürst-Pückler-Eis – Portionen von Umfang und Höhe kleiner Granaten. Es gab viele Dinge auf der Welt, und es gibt sie, wie ich höre, in einem anderen Lande noch, die da beweisen helfen müssen, daß ein Mensch zahlungskräftig, kreditwürdig und in der Lage ist, sich seinen Lebensunterhalt von seinen Mitmenschen verdienen zu lassen, als da sind Kleider, Autos, Schmuck, seltenes Gestein und rare Metalle, und wenn gewisse Cliquen eines Tages übereinkämen, daß nunmehr Roßäpfel das Rareste und darum das Edelste auf Erden sind, so würden sie und ihre Damen nicht anstehen, auch diese Afterfrüchte von Vierbeinern in Gold und Platin einfassen zu lassen und sie als Schlipsnadeln, Krawattenknöpfe und Kolliers zu tragen.

Mir war es gleich, was ich auf meine schwelende Müdigkeit goß; denn Birnensaft erschien und erscheint mir bis heute wohlschmeckender als Wein.

Der Tanz im Kurhaussaal wurde von Soloeinlagen unterbrochen, und jene »Künstler«, die sie produzierten, wähnten, daß ihre Soloeinlagen die Hauptsache der Reunion wären, deshalb behandelten sie die Musiker der Kurkapelle wie ihre Diener. Die Solointerpreten waren Rheumatiker, hielten sich zur Kur im Städtchen auf und stellten sich »hochherzigerweise« für die Verschönerung der Reunion zur Verfügung, und die Kurverwaltung gewährte ihnen dafür »hochherzigerweise« freie Sonnabendzeche, und das hatte zur Folge, daß ein Operettist mit platter Nase das obligate Lied des Analphabeten aus dem »Schweinebaron« sang und daß man es ihm glaubte. Ein anderer »Künstler«, in dessen Glatze sich das Licht der Lüster spiegelte, sang eine Partie aus dem »Weißen Pferd«, und die Damen aller Leidensschattierungen verschlangen ihn samt seinem weißen Frack mit den Augen.

Mich ermüdeten diese Darbietungen. Ich begann einzunicken. Der Meister bemerkte es und bestellte Kaffee, und er quälte mich weiter mit seiner Reunion, aber damals fühlte ich mich nicht gequält, denn ich war neugierig auf alles wie ein halbjähriger Hund. Der Mokka-double-double, den der Meister bestellte, verwandelte mich für kurze Zeit in einen Marokkaner, und damit der südliche Impuls, den ich erhielt, mich nicht veranlaßte, wieder mit der Haustochter zu tanzen, stellte mich der Meister einigen Damen vor. Es waren Damen, die ich schon im Café bedient und von denen ich meine Kellnerprozente eingefordert hatte, aber jetzt war ich kein anonymer Kellner, sondern ein Mensch mit Familiennamen, ein Mann, der mit seinem Meister und dessen Haustochter eine Reunion besuchte, ein Teilnehmer am Kurleben der Stadt.

Vielleicht hätte ich damals nichts dagegen gehabt, ein Mann zu sein, von dem die Leute des Städtchens, die leidenden Frauen und die Mädchen auf den Elbwiesen, mehr Notiz nahmen, als sie es taten, aber das war mit der Anfertigung von Rosen, Fröschen und Schwänen aus Buttercreme nicht zu erreichen. Heute sehne ich mich oft in die Anonymität meines Kellnerdaseins zurück, und das ist natürlich, und das hat was mit Dialektik zu tun, und das ist das Leben.

Unter den Damen der Stadt, die mir vom Meister vorgestellt wurden, befand sich eine, die ich in unserem Café noch nicht gesehen hatte. Sie trug ein langes wasserehrenpreisfarbenes Ballkleid (Chiffon oder Crêpe de Chine). Eine schmale, edel wirkende Nase regierte ihr Gesicht, und die Flügel dieser Nase bebten wie die Flügel eines Schmetterlings an einer besonnten Hausmauer. Wenn die Dame lachte, zeigte sie in der Mitte der oberen Zahnreihe einen Goldzahn, und sie zeigte ihn mehr wie einen Goldring, wie eine Verzierung, weniger wie eine Notwendigkeit. Ich hatte damals etwas für Sommersprossen und Goldzähne übrig, und während sich die Vorliebe für Sommersprossen erhielt, verflüchtigte sich die für Goldzähne. Oh, wenn ich Listen über alles führen würde, was mir einmal sympathisch war, und auch über das, was mir im Laufe des Lebens sympathisch wurde, so würden sie einen Schnellhefter füllen und wissenschaftlich beweisen, daß der Mensch unterderhand und oft, ohne sich selber von diesem Vorgang zu verständigen, ein anderer wird.

Hinter dem Kurhaus lag der Park. In den Eichen, Buchen und Linden dort schliefen während der Reunion die Vögel. Saal und Park verhielten sich zueinander wie kommunizierende Röhren: Aber die Parkröhre lag im Dunkeln, und ihr Inhalt schien mit einer Chemikalie angereichert zu werden, die Frühlingsnacht hieß, denn die Tanzpaare, die aus der dunklen Parkröhre in die beleuchtete Saalröhre zurückkehrten, wiesen psychochemische Veränderungen auf.

Der Park hieß damals Kurpark, und wie er heute heißt, werde ich im Frühling erfragen gehn; noch früher hieß er Schloßpark, und in seiner Jugend war er die Erweiterung eines Gefängnishofes, denn das Schloß war ein Gefängnis gewesen, und in dem Gefängnis hatte eine Königin gesessen. Die Königin hieß Eberhardine, und sie war, wie damals üblich, von ihrem Manne zur Gefängnishaft verurteilt worden. Ihr Mann aber war der starke August aus Dresden, und der war katholisch geworden, um ein paßrechterer polnischer

Herrscher sein zu können. Eberhardine aber blieb reformistisch, eine Sozialdemokratin der Gläubigkeit.

Auf dem Podium produzierte sich jetzt ein etwas krummbeiniger »Künstler«, der sich Wangenvokalist nannte und seine schon faltigen Gesichtshälften mit zwei Holzlöffeln bearbeitete, und je nachdem, ob er nun die Wangen aufblies oder sie in mehr oder weniger tiefe Gruben verwandelte, muckerten Töne aus seinem Mund, die man bei gutem Willen als die Töne des Liedchens: »Du, du liegst mir im Herzen« entziffern konnte, und der Wangenvokalist hielt seinen Mund dabei so o-rund, wie jene aus Holz geschnitzten Männer im Folklore-Museum in Moskau, die eigentlich Bienenbeuten sind, und die Kurkapelle untermalte dieses Liedchen, das sich der krummbeinige Vokalist aus den Wangen prügelte, und hielt es ein wenig zusammen.

Mein Meister konnte sich nicht genügend über die Möglichkeit wundern, daß man das Fleisch seiner Wangen musikalisieren könne, und er sah in diesem Vokalisten einen hundertprozentigen Kunstschaffenden: »Können Sie von mir denken, was Sie wollen!« Sogleich versuchte er mit dem Teelöffel seine Wangen mit den schwarzen Bartstoppeln zum Klingen zu bringen, aber es gelang ihm nicht, nein, es gelang ihm lediglich, die Haustochter zum Lachen zu bringen, und das war auch nicht wenig wert. Mir schien, als hätte der Meister seine Wangen nur belöffelt, um die Haustochter zum Lachen zu bringen, denn er ließ nichts unversucht, ihre Sympathie zu gewinnen, und er suchte und suchte bei anderen Frauen, was er bei seiner Frau nicht gefunden zu haben schien, man mußte Mitleid mit ihm haben. Ich weiß nicht, weshalb mich das Mitleid mit dem Meister dazu bringt, wieder an Eberhardine zu denken; ich hatte doch mit Königinnen, ob Monarcho-, Himmels-, Bett-, Mode- oder Schönheitsköniginnen, nie etwas im Sinn!

Der starke August aus Dresden ließ durch seine Geheimpolizei verbreiten, die Landeskinder sollten ihre Landesmutter, die sich nicht rekatholisieren lassen wollte, die *Betsäule von Sachsen* nennen. Überdies ließ er das polnische Volk fordern, man solle der reformistischen Eberhardine die Einreisegenehmigung ins katholische Polen verweigern, und als das alles gediehen war, stellte August Eberhardine anheim, sich freiwillig ins Gefängnis zu begeben, damit sie vor dem »Volkszorne« geschützt wäre. Aber die Sache war die: Eberhardine sollte ihrem August und einer gewissen Gräfin von Cosel, auch anderen Damen und Müttern von zweihundertundfünfunddreißig August-Kindern aus den Augen gerückt werden, und um das dem Volke verständlich zu machen, glaubte August alles ins Ideologische transponieren zu müssen.

Eberhardine war gezwungen, die körperlichen Genüsse, die ihr zustanden, durch geistige zu ersetzen, und sie schwärmte für den verstorbenen Übersetzer, Liederdichter und Kirchenreformator Dr. Luther, und sie hing seiner Reformation an und träumte, träumte elbabwärts, träumte von der *Wittenbergisch Nachtigall.* Da war sie also, die Nachtigall, und ich weiß, weshalb ich auf Eberhardine zurückkommen mußte.

Aber jetzt zur Sache, zur Sache! denn l'art pour l'art ist schlimmer als die Cholera!

Hinter dem Kurpark floß die Elbe durch eine Landschaft aus Wiesen, und im Frühling, wenn sie sich wild erinnerte, daß sie einmal ein Urstrom gewesen war, benutzte sie diese Wiesen eine Zeitlang als Brautbett, und wenn der Brautrausch endete und die Elbe ihr Matronenleben wieder aufnahm, ließ sie Schlafgeldtaler in Form von Tümpeln in den Wiesen zurück, und aus diesen Tümpeln klangen die Glockenrufe der Unken.

Ich tanzte stumm mit der Dame, die das lange wasserehrenpreisblaue Ballkleid trug, und ich wußte wohl, daß sich das nicht ziemte, aber ich war zu müde, und außerdem fürchtete ich, daß die Dame etwas hätte sagen können, was meine Vorstellung von ihr zerstört haben würde. Ich weiß bis heute nicht, ob es eine Stärke von mir ist, daß ich mehr in die Menschen, die mir begegnen, hineinlege, als in ihnen ist, oder ob es eine Schwäche von mir ist, nicht geduldig genug nach den großen Zügen bei ihnen zu suchen, die ich vorausahnte.

Es ging ohne Worte bei mir und der Dame und mit dem, was man landläufig Liebe nennt, voran, denn daß das möglich ist, versicherte der plattnasige Operettist mit kiloschweren Worten: »Lippen schweigen ...« und so weiter. Ich spürte jedenfalls, daß die Sympathie, die ich für die Dame empfand, nicht einseitig war und daß die Dame auch mich kreditwürdig in Sachen Liebe fand. Ich brachte sie nach dem Tanz an ihren Platz und verzierte meinen stummen Dank mit der Seidenschleife eines Lächelns. Es war ein echtes Lächeln, denn nach kurzer Kellnerzeit schaffte ich mir ein Ersatzlächeln, ein Zweitlächeln an, um das echte nicht so sehr abzunutzen, ein Kellnerlächeln. Und ich warf dieses Lächeln auch später, als ich kein Kellner mehr war, nicht in den Lumpensack, denn ich benötigte es immer wieder einmal, es wurde von mir verlangt, und obwohl wir unsere Gesellschaft doch revolutionierten, wird es heute noch dann und wann von mir verlangt.

Die Dame im wasserehrenpreisfarbenen Kleide erwiderte jedenfalls mein echtes Lächeln, und ihr Goldzahn leuchtete wie eine kleine Sonne aus ihrem Mund. – Darauf tanzte mein Meister einen Tango mit ihr, aber er tanzte ihn wie einen Marsch-Fox, und er tanzte auch den etwas schief, denn was der Statur des Meisters wirklich gemäß war, war Walzer rechtsherum. Er trug, nein, er zelebrierte auf seiner Oberlippe den Restposten eines Bartes, eine spätere Hitlerfliege, und auch der Marsch-Fox, den er tanzte, entsproß seinem halbmilitärischen Hang. Es war ein Höflichkeitsakt, wenn der Meister mit der Dame im wasserehrenpreisblauen Kleide tanzte; doch er machte sie dadurch zu *meiner* Dame und Gespielin, was mich wiederum zwang, ein wohlerzogener Tanzbodenmensch zu sein und doch wieder mit der Haustochter zu tanzen. Ich stieg wieder aufs Parkett, und ich tanzte Tango mit ihr nach der Schnur, und die Tangophase, in der man seine Partnerin mit einem marionettenhaften Anrucken über die Tanzfläche reißt, schubst oder schleudert, als wäre man ein gebleichter Argentinier, beherrschte ich besonders gut. Ich steigerte diesen Tanzteil zu einem Kraftakt, der die Zuschauer fürchten ließ, ich würde meine Partnerin durch die Wand ins Freie befördern. Aber kurz vor dem Hindernis mäßigte ich den *run*, und ich blieb doch im Saal, bis der Rhythmus forderte, daß mich eine neue Welle packte, die mein Blut wieder argentinisierte. Die Haustochter aus Wismar legte sich, wie man in Fachkreisen zu sagen pflegt, in den Tango hinein, und ich fragte sie, wie sie sich fühle, und sie sagte, sie fühle sich fischfrisch, nur fürchte sie sich ein wenig, und sie sah dabei zum Meister hinüber, und ich tröstete sie und sagte ihr, daß sie nichts zu fürchten habe als sich selber. Damit war sie zufriedengestellt, und sie sagte, sie hätte mich gleich für einen gelehrten Menschen gehalten, und das schmeichelte mir. Ich hatte damals noch Respekt vor Gelehrsamkeit, und jetzt habe ich nicht mehr soviel Respekt vor Gelehrsamkeit, besonders nachdem einer meiner besten Freunde, den ich einmal kannte, Texte aus vierundzwanzig Büchern zitierte und abschrieb und daraus ein fünfundzwanzigstes Buch machte, für das er den Doktortitel erhielt, womit ich außer gegen diesen Freund gegen keinen Doktor sonst etwas gesagt haben will.

Ich arbeitete mich also durch den Reunionsabend. Nicht, daß es mich anekelte, nein, dazu war ich zu jung, aber ich war müde, und ich schlief ein, wenn ich mich setzte, und das war das Übel, denn jedes Vergnügen zerbröckelt, wenn der Körper durch Dienstverweigerungen bekanntgibt, daß man die ihm zustehenden Rechte mißachtet. Aber ich kam trotz meiner Müdigkeit mit der Dame, die mir der Meister als Haustochterersatz zugeschoben hatte, ins Gespräch; denn ich konnte sie nicht drei, vier Male zum Tanzen holen, ohne mich zu verlautbaren. Überdies wurde ich von ihr bei der Damenwahl engagiert, und es kam zwischen uns – fast ohne Worte – zu einer Vereinbarung, einem Abkommen oder einer Demarche, des Inhalts, daß ich die Sicherheit ihres Heimtransportes zu gewährleisten hatte, und ich weiß nicht mehr, ob die Dame mir das nahelegte oder ob ich mich aus Anstandsgefühl, trotz meiner Müdigkeit, dazu verpflichtet fühlte.

Gleich darauf mußte ich, wie man sagt, stehenden Fußes eingeschlafen sein, obwohl ich noch agierte, engagierte, vielleicht sogar tanzte. Als ich zu mir kam oder erwachte, wie man will, lag ich auf einer Bank, fast hätte ich »im Park« dazugeschrieben, doch es fiel mir rechtzeitig ein, daß das der Titel eines Tanzschlagers aus jener Zeit gewesen wäre (»Auf einer kleinen Bank im Park«) und daß ich damit in den Verdacht gekommen wäre, ein Plagiator zu sein. Man kann in dieser Hinsicht merkwürdige Dinge erleben, und kürzlich wurde ich Zeuge, wie ein Referent einen anderen Referenten bezichtigte, er habe einen Satz aus seinem Referat plagiiert, und der Satz hieß: »Ich habe die Probleme, die auf uns zukommen, herausgearbeitet.«

Die Bank stand unter Lindengesträuch in der Nähe des Deiches, und vom Flusse wehte Wasserduft herüber. Als ich meine Augen öffnete, jene Schlitze im Gesicht, die das Vordringen gewisser Lichtschwingungen zum Hirn ermöglichen, war es, ins allgemein Menschliche übersetzt, ringsum dabei, Morgen zu werden, und hinter dem Deich gongten die Unken schon in ihren Tümpeln, und ich hörte über mir in den großen Lindenstrauchblättern jene Töne, die tief aus dem Blut eines Vogels perlten, die Triller der Nachtigall, wie ich sie als Knabe auf der Heide gehört hatte, und ob das damals nun der Sprosser gewesen war oder nicht, hier handelte es sich vielleicht sogar um eine Nachkommin jener Nachtigallen, die schon zur Zeit einer gewissen Exkönigin Eberhardine oder noch früher im Park geheckt hatten. Mag sein, daß mein Blick, als ich nach dieser Nachtigall in den Lindenblättern suchte, erst ein wasserehrenpreisblaues Kleid streifte, denn als ich die Nachtigall erblickte, war sie blau, und ich wunderte mich nicht darüber, denn mein Blick kam von hinter soviel Bergen unbewältigten Schlafes her, daß ich auch nicht erstaunt gewesen wäre, wenn die Dame, die meinen Kopf – schon wer weiß wie lange – in ihren Armen gehalten hatte, sich Nofretete oder die Königin von Saba genannt hätte.

Und als diese Dame nun bemerkte, daß ich erwacht war, beugte sie sich zu mir, und es war kein langer Weg von ihrem zu meinem Mund, und sie ließ mich nicht aus den Armen und beugte sich zu mir …

Es widerstrebt mir, zu beschreiben, was jeder auf seine Weise weiß, oder was jeder, der es nicht weiß, einmal auf seine Weise wissen wird. Ich spare aus und überlasse jedem die Möglichkeit, hinzuzufügen, was nur er weiß.

Eigentlich habe ich mein Versprechen erfüllt, wenn ich hier redlich niederschrieb, weshalb die erste Nachtigall, die ich zu Gesicht bekam, eine blaue Nachtigall war, aber ich spüre bis hierher an meinen Schreibplatz in der Kammer eines Pferdestalles die Unzufriedenheit von Lesern, die an perfekte Geschichten gewöhnt sind, die sich außerdem auf den vielzitierten Revolver berufen dürfen, den Tschechow erwähnt, jenen Revolver, der, wenn er in einer Geschichte an der Wand hängt, auch loszugehen habe. Diesen Lesern sei gesagt, daß mir am fortgeschritteneren Morgen jenes Sonntags nicht vergönnt war, in meinem Bett in der Gesellenkammer, dessen Benutzung mir vom Lohn abgezogen wurde, zu schlafen; denn als ich heimkam, war die Kammer von innen verriegelt, und als ich empört an der Klinke rüttelte, lugte die Haustochter beim Türspalt heraus. Sie war sehr unangezogen und wies drauf hin, daß sie mir bereits beim Tanz angedeutet hätte, sie fürchte sich. Ich konnte nicht verstehen, weshalb sie sich noch immer vor dem Meister fürchtete, obwohl sie jetzt in meiner Kammer und in Sicherheit war. Aber die Sache war die: Sie fürchtete den Meister nicht, sondern die Meisterin, denn der Meister war bei ihr, und sie waren beide in meiner Schlafkammer.

Die Haustochter erklärte mir, daß weder das Tellermädchen noch die Putzfrau oder der Hausknecht und nicht einmal der Lehrling etwas Schlechtes von ihr denken könnten, wenn der Meister im Laufe des Vormittags die Gesellenkammer verlassen würde und so weiter. Sie bot mir ihr Zimmer und ihr Bett an, weil niemand der Meisterin etwas berichten würde, der mich aus dem Zimmer der Haustochter kommen sehen würde, auch und so weiter.

Das Leben tritt uns zuweilen kompliziert entgegen, und hier hatte ich es mit einem Fall zu tun, in dem es verkompliziert wurde, und das war nur ein kleiner hausbackener Schlafzimmerfall; an die großen, überdimensionalen Fälle, die in die Weltdiplomatie hineinreichen, wage ich nicht zu denken.

Ich benutzte das Bett und das Zimmer der Haustochter nicht, sondern machte, trotz aller unvertilgter Müdigkeit, einen Spaziergang in den Park, und daß ich die Bank aufsuchte, auf der ich – wie mir schien – vor Wochen einmal geschlafen hatte, die Bank, auf der mir die blaue Nachtigall erschienen war, bewies, daß ich mich verliebt hatte. Jeder Verliebte glaubt, er könne, wenn er an den Platz zurückkehrt, an dem die Liebe ihn und er die Liebe packte, alles noch einmal und unversehrt wiederhaben, aber er kann es nicht wiederhaben, denn die Welt ist im Fluß, obwohl wir nicht wissen, in welchem.

Natürlich sah auch ich die Nachtigall nicht wieder, weder eine blaue noch eine graue, denn sie schlief auf irgendeinem dämmergrauen Plätzchen aus Blattschatten und ruhte sich von der Balz aus.

Ich sah später Nachtigallen, viele, viele Nachtigallen – in Sotschi am Schwarzen Meer, in Karelien, und dort war es womöglich wieder der Sprosser, und ich sah Nachtigallen auf Naxos und Santorin in der Ägäis, Nachtigallen in Kiew am Dnepr, und ich sah Nachtigallen in einer Mühle bei Wusterhausen an der Dosse und im Nikidskij Sad auf Jalta – viele hundert Nachtigallen, aber alle waren grau gefiedert, keine war blau, und ich war verwundert, daß ich nun, nach so langer, langer Zeit, wieder eine blaue Nachtigall sah, just als ich mich aus den Armen einer Geliebten löste; ich sagte es schon, und daß ich es wieder sage, zeugt von meiner Verwunderung.

Die Sache aber war die: Ich wollte eine Geschichte schreiben, und ich dachte tagelang an nichts als an diese Geschichte. Ich schlief wenig, und wenn ich schlief, so schlief ich schlecht, und zwei Tage schlief ich gar nicht, und alles, weil ich eine Geschichte schreiben *wollte*.

Damals brachte mich ein Meister, ein kleiner Auskenner, dadurch, daß er aus mir, seinem Gesellen, ohne Kosten für sich und sein Geschäft auch noch einen Kellner machte und indem er, wie ich später erfuhr, bei einem Marsch-Fox eine Dame charterte, die mich für längere Zeit im Moorbad halten sollte, in den ausgemergelten Zustand, in dem einem blaue Nachtigallen erscheinen. Wer aber versetzte mich nun, da ich mich ums tägliche Brot nicht mehr zu sorgen hatte, in den Zustand, dem blaue Nachtigallen entfliegen? Wenn es das Unterbewußtsein war, wie ich dem Zuruf von Gelehrten aus der Psychologenbranche entnehme, so ist dieses Unterbewußtsein der größte Ausbeuter, den ich je kennenlernte, und dazu einer, der es sich leisten kann, auf eine Geschichte zu spucken, die ich schreiben *wollte*, an der ich tagelang arbeitete und über der ich fast zusammenbrach, um zu einer Geschichte zu kommen, die ich schreiben mußte: Die blaue Nachtigall.

# Nachsatz

Für »Jugenderinnerungen eines alten Mannes« oder Memoiren halte ich mich noch zu jung, aber ich versuche seit Jahren einer Sache nachzuspüren, und die Sache ist: Woher kam jener Zustand von Poesie und Schwerelosigkeit in der Kindheit und in der Jugend, der uns so unwiederbringlich erscheint? Ist er nicht zurückholbar? Soll man ihn als endgültig verloren gelten lassen? Kann man ihn wieder herbeilisten, herbeitrotzen?

Die hier vorgezeigten Geschichten (einige liegen noch in der viel zitierten *Schublade*!) sind also Forschungsarbeiten. Zu einem befriedigenden Ergebnis bin ich bei meinen Erkundungen noch nicht gelangt, doch beginnt sich abzuzeichnen, daß jene Zustände der Schwerelosigkeit nur Augenblicke waren, in denen man außerhalb von Aktion und Reaktion stand: Man saß auf dem Handwagen des Großvaters und ließ Musik aus dem Weltenraum auf sich andringen; man lag am Rande eines Seerosenteiches und sog die Geräusche des Sommertages ein … Es waren nur Augenblicke, aber sie durchstrahlten eine ganze »Zeitumgebung« mit ihrer Innigkeit.

Sollte man nicht, so frage ich mich, solche aktions- und reaktionslosen Augenblicke bewußt und mit dem Effekt von damals in sein Leben einbauen können?

Da ich nicht ablassen will, dieses Geheimnis zu ergründen, wird das hier ein »offenes Büchlein« bleiben, in das ich von Zeit zu Zeit weitere Forschungsberichte aufnehmen möchte.

*E. S.*

# Inhalt